Für Paps, weil du auch ohne Superman-Cape
mein Held bist und bleibst – immer.

Prolog

Zuerst warte ich auf das Klingeln meines Weckers. Oder den Signalton meines Handys. Auf irgendein Geräusch, das mich aus dem Schlaf und diesem grausamen Albtraum reißt. Aber der Wecker bleibt stumm, mein Handy liegt auf meinem Schreibtisch, eine Tür weiter in meinem Büro. Die Blätter in meiner Hand fühlen sich unglaublich schwer an, als könnte ich sie kaum zwischen den Fingern halten. Benny sieht mich überrascht an. Seine Hose ist um seine Fußgelenke gerutscht und ich sehe, wie blass seine Haut im grellen Neonröhrenlicht wirkt. Sein blanker Hintern erinnert an eine Schale mit Frischkäse. Um diese Blässe schlingen sich zwei wunderbar gebräunte und epilierte Frauenbeine, die selbst jetzt im Dezember Karibikfeeling verbreiten. Hinter Bennys Schulter taucht das rotwangige Gesicht von Theresa, der Schlampe aus der Kartografie, auf.

„Pippa! Wie bist du hier reingekommen?"

„Durch die Tür. Soll ich es noch mal vorführen?"

Meine Stimme klingt fremd in meinen Ohren – aber es muss meine sein, denn ich spüre, wie sich meine Lippen bewegen.

„Kannst du nicht anklopfen?"

Wer klopft an, bevor er den Raum mit dem Kopierer betritt? Ich arbeite seit über zwei Jahren in dieser Redaktion und noch nie habe ich angeklopft. Gut, bisher habe ich hier auch noch nie Pärchen beim Geschlechtsverkehr erwischt. Und ganz sicher habe ich meinen Freund noch nie beim Geschlechtsverkehr mit der Schlampe aus der Kartografie erwischt. Benny, mein Freund, und Theresas Geliebter, wie es scheint, hält es noch immer nicht für nötig, etwas zu sagen. Also sage ich etwas.

„Vergiss nicht, die Brennpaste für das Fondue heute Abend zu kaufen."

Und dann gehe ich. Benny hat die Brennpaste nicht gekauft, aber sein Zeug abgeholt. Er wüsste selber nicht so recht, was los sei – aber wir würden nicht funktionieren und er bräuchte eine Pause. Nicht von der Frauenwelt, nur von mir. In dieser Pause würde Theresa das tun, was sie, wie ich später erfahren habe, schon das letzte halbe Jahr getan hat: seine Spielwiese für sexuelle Abenteuer sein und ihren Hintern auf dem Kopierer platt drücken. Natürlich habe ich genickt und war mir sicher, dass er nach zwei Tagen wieder bei mir auf der Matte stehen würde. Zu Weihnachten habe ich mir gewünscht, dass er zu mir zurückkommt. Für das Weihnachten im darauffolgenden Jahr habe ich es mir übrigens noch immer gewünscht. Vielleicht sollte ich es dieses Jahr zur Abwechslung mit einem einfacheren Wunsch versuchen: einem fliegenden Pony.

Kapitel 1

Schnee, soweit das Auge reicht. Als hätte sich die Stadt eine weiße Daunendecke über den Kopf gezogen. Nur die Lichter, die wie Sterne in den Abend hineinfunkeln, lassen darauf schließen, dass dieser Teil der Welt noch bevölkert ist.

I´m dreaming of a white Christmas … Schön und gut, aber ich heiße nicht Bing Crosby und träume auch nicht von weißen Weihnachten. Ich träume ohnehin sehr selten und wenn, dann kann ich mich kaum an den Traum und die wirren Zusammenhänge erinnern. Eigentlich nie. Selbst als meine beste Freundin mir einen Traumfänger aus ihrem USA-Urlaub mitgebracht hat, stellte sich keine Besserung ein. Können wir traumlosen Schläfer uns also nicht von solchen Songs distanzieren? Ich gebe es in der Öffentlichkeit zwar nicht zu, aber ich bin eher so ein „Last Christmas"-Typ. Ich denke lieber an letztes Jahr zurück und wundere mich darüber, welchen Typen ich da wieder im Vollsuff geküsst habe. Ich trinke nämlich genauso selten, wie ich träume, also fast nie. Deswegen fällt mir die Einschätzung auch ungemein schwer, wie viel von dem Cuba Libre wohl zu viel sein würde. Das ist, als ob man mich fragt: „Schätze doch mal, wie alt ich bin.“ Da habe ich eine Trefferquote von 100 Prozent. Und zwar für eine Blamage! Manche Partner meiner engsten Freundinnen haben schon wochenlang kein Wort mit mir gesprochen, weil die Antwort: „42?“ ungefähr zwölf Jahre am Ergebnis vorbeiging. Ich kann auch nicht besonders gut Entfernungen schätzen. Das erklärt, wieso ich mich bei den Bundesjugendspielen um mindestens zwei Ehrenurkunden betrogen fühle. Das müssen einfach mehr als 15 Meter gewesen sein. Von meinem Standpunkt aus flog der Ball mindestens 30 Meter! Würde ich jetzt mal schätzen. Und ausgerechnet jetzt, da ich schätze, dass ich heute keine große Chance mehr auf einen Flieger nach Berlin habe – ausgerechnet jetzt, da meine gesamte Familie auf mich und meine Geschenke wartet, scheint sich das Blatt zu wenden und ich werde zu einer grandiosen Schätzerin.

Vielen Dank auch, liebes Schicksal. Manchmal wünschte ich wirklich, mein Schicksalsbeauftragter hätte eine E-Mail-Adresse, damit ich meine Beschwerden direkt an ihn senden könnte. Wieso schätze ich nie meinen Kontostand am Ende des Monats richtig ein? Dann muss ich wieder das Sparschwein plündern, um dem Sushi-Lieferanten den Betrag bar auszuzahlen, weil mein Konto mal wieder überzogen ist. Ich schätze mal, mein Schicksalsbeauftragter macht das einfach gerne mit mir. Vermutlich wollte er mal Drehbuchautor für eine mittelmäßige deutsche Soap werden – und jetzt tobt er sich eben in meinem Leben aus. Schönen Dank!

Als meine Mutter mir vor zwei Monaten eröffnet hatte, dass sogar mein Bruder mit seiner neuen Frau (ich nenne sie liebevoll „das Tier") kommen würde, hatte ich mir nichts sehnlicher gewünscht, als an Weihnachten einfach krank im Bett zu liegen und eine geniale Ausrede für meine Absage zu haben. Aber man gewöhnt sich ja schließlich an alles. So habe ich mich mit dem Gedanken abgefunden, neben einer Zweimeterfrau mit der Figur eines Profi-Boxers zu sitzen, und mir derbe Witze und feste Schläge auf den Rücken antun zu müssen (und zwar immer dann, wenn sie einen ihrer Witze übermäßig gut findet – also immer). Und ganz nebenbei verschwindet auch noch der Löwenanteil des Rehbratens, den meine Mutter zubereitet hat, auf ihrem Teller. Vor einigen Jahren wusste sie nicht einmal, dass man Reh essen kann, und zeigte ernsthafte Wissenslücken im Fachbereich Biologie auf. „Rehe ... “ (ich zitiere sie hier wörtlich!) „ ... das sind doch diese Pferde mit Geweih.“ Der niedliche Versuch meines Bruders, es am Beispiel von Bambi etwas zu verdeutlichen, scheiterte kläglich. Wie dem auch sei, jetzt stehe ich hier auf dem Stuttgarter Flughafen und wünsche mir nichts sehnlicher, als bei meiner Familie zu sein. Ich hatte schon ein mieses Gefühl, als mein Chef ins Büro gestürmt kam und mir mitteilte, dass ich diesmal die Delegation aus Australien zu einer Stadtrundfahrt durch Stuttgart begrüßen durfte.

„Pippa, es wird Zeit, Ihnen endlich mehr zuzutrauen!“

Pippa, das bin ich: Philippa Wunsch. Neunundzwanzig Jahre alt, Redakteurin für Reiseführer.

Ich arbeite seit vier Jahren in der Firma und noch nie durfte ich irgendeine Aufgabe übernehmen, die Besuch von unseren Arbeitgebern betraf. Für gewöhnlich wurde mein Kollege Hannes geschickt, dessen Englisch so gut war wie mein Schätzvermögen. Ich nehme an, ich habe mich klar ausgedrückt.

Und also sagte dann mein Chef:

„Alle anderen haben ja Familie oder Partner, die können da nicht weg. Aber ich dachte, Sie als Single machen das bestimmt gerne."

Er musste mich ja nicht bei jeder Gelegenheit an meinen Familienstand – ledig – erinnern. Ich wusste auch so, dass Benny nicht mehr da war.

Also fuhr ich, Single-Dame ohne feste Bindung, Kinder oder Haustiere, von Freiburg nach Stuttgart, wo ich die Herrschaften zwei Tage lang durch die Schwabenmetropole geleitete, und dabei Lob und sogar Anerkennung, sowie einige Telefonnummern abbekam. Während die Surferjungs inzwischen auf dem Weg nach London waren, saß ich hier fest. Seit Stunden. Und die Flocken vor den großen Glasfenstern wurden immer größer und dicker. So sieht es aus, wenn der Himmel mal zeigt, was er so kann. Offenbar hat er heute einen extrem großzügigen Tag, was Schneeflocken angeht. Nichts geht mehr, zumindest wird das hier gemunkelt; und auch meine Frage, ob ich vielleicht mit dem Zug nach Freiburg in meine kuschelige Einzimmerwohnung kommen könnte, wurde mit dieser Auskunft beantwortet: „Auf den Schienen sieht es noch schlimmer aus."

Also sitze ich hier auf meiner Reisetasche, weil Bing Crosby uns die Flausen in den Kopf gesetzt hat, dass es an Weihnachten schneien muss. Ehrlich, das ist doch schwachsinnig. Wie viele Menschen wohl auf den Kontinenten der südlichen Hemisphäre leben? Ich schätze mal so … nein, besser nicht. Aber es sind bestimmt viele. Und die feiern alle am Strand in kurzen Hosen und mit einem kühlen Bier in der Hand. Wie um alles in der Welt kann dann ein Song über Schnee an Weihnachten ein Welthit werden? Zumindest habe ich dieses Schicksal, hier für eine kleine Weile mit einer ganzen Gruppe anderer Menschen festzusetzen. Zahllose Gestrandete fluchen und schimpfen, ebenso wie ich. Hektisch ziehen Familien von einem Schalter zum nächsten, Kinder weinen, Paare streiten sich, Manager versuchen die Flugbegleiterinnen abzuchecken. Fast alles wie immer. Scheinbar bin ich eine der wenigen Single-Ausnahmen. Ich sitze auf meiner Reisetasche, während mein Blick auf die Anzeigentafel über unseren Köpfen geheftet ist. Aber es verändert sich nichts. Ich könnte also auch aufstehen und mir irgendwo ein Brötchen und einen Kaffee holen, aber das ist ein kleines und sehr schweres Problem.

Ich bin eine Frau. Und wir Frauen packen eben nun mal zu viel ein. Viel zu viel, um genau zu sein. Aber ich habe es mir zur Aufgabe gemacht, die Reißfestigkeit dieser Sporttasche einer anerkannten Sportfirma zu testen. Und zwar bis zum Limit. Auf dem Weg hierher habe ich schon den Verlust eines Tragegurts bedauern müssen. Nach den Feiertagen werde ich ein Beschwerdeschreiben an besagte Firma schicken. Wenn ich jetzt aufstehe und diese Tasche mit mir nehmen will, dann brauche ich einen starken Mann oder einen Gepäckwagen – oder beides.

Fälschlicherweise hatte ich angenommen, dieses Jahr wäre mir zum Abschied freundlich gesonnen, deswegen habe ich meinen Gepäckwagen schon abgestellt. Woher sollte ich auch wissen, dass ich so viel Zeit hier verbringen würde? Und mich dabei auch noch bewegen muss! Wieso packen wir Frauen nur so viel ein? Klar, Sie wissen schon, man weiß ja nie was passieren wird – deswegen ist es immer besser, für alle möglichen und unmöglichen Zwischenfälle Massen an Klamotten in der Tasche zu haben. Aber ich habe es übertrieben. Ich gebe es zu. In solchen Momenten wünsche ich mir nichts mehr, als nur einen Kulturbeutel tragen zu müssen. So wie die Männer. Was packen die schon groß ein? Zwei Unterhosen (wenn wir Glück haben!) und eine Zahnbürste. Klar, sie sehen in den Klamotten von gestern ja auch am Tag darauf noch unverschämt sexy aus – denken sie. Während es bei uns Frauen als Hygienemangel angesehen wird, wenn wir am nächsten Tag den gleichen Lippenstift auftragen wollen. Mein Tag hat heute um fünf Uhr morgens angefangen. Das ist die Zeit, zu der ich mich für gewöhnlich gerade mal auf die andere Seite drehe, wenn ich mich überhaupt bewege. Ich bin also schlecht gelaunt und muss meinen Eltern sagen, dass sie mein Zimmer an meinen Bruder und das Tier vergeben können. Während alle den Pferd-mit-Geweih-Braten meiner Mutter genießen dürfen, werde ich in Stuttgart sein – alleine. Wieso? Weil es immer noch schneit. Und Benny den wachsenden Babybauch seiner Verlobten Theresa streichelt. Ich hasse Weihnachten.

Es ist wirklich tröstend zu sehen, dass ich in so einem Moment nicht alleine bin – aber können sich diese Menschen bitte nicht alle zeitgleich vor den wenigen Telefonzellen herumdrücken? Schließlich muss ich meine Mutter anrufen. Im Zeitalter des iPhone 5 sollte man doch annehmen, dass Telefonzellen ausgestorben sind, und höchstens noch den Kids der 90er Jahre ein Begriff sind. Also jemandem wie mir. Aber das Bild der Menschen, die sich um die kleinen Zellen drängeln, in der Hoffnung, den Kampf zu gewinnen, erinnert mich an eine Schlachtenszene aus Spartacus. Allerdings mit weniger Blut. Ich wühle kurz unter meiner dicken Jacke und ziehe mein iPhone aus der Tasche. Ja liebe Leute – auch wenn ich in den 80er Jahren geboren bin, kann ich dennoch ein Touchscreen-Handy bedienen. Fast überheblich und mit übergroßer Geste will ich die Nummer meiner Eltern wählen ... Was? Kein Empfang? Das muss ein schlechter Scherz sein. Aber dann begreife ich auch, wieso all diese Menschen, die auch alle über ein Handy verfügen, hier sind – und warum sie nicht ihr zigarettenpäkchengroßes Handy ans Ohr halten.

„Verzeihung."

Ein Kerl schiebt sich an mir vorbei und rempelt mich dabei an. Ja, bin ich denn in den letzten paar Sekunden plötzlich unsichtbar geworden? Und was ist das? Ein junger, dynamischer Mann (mit einem ganz süßen Hintern, wie mir auffällt), schiebt eine leicht aussehende Sporttasche auf einem Gepäckwagen vor sich her. Ich hingegen schleppe mich mit Bleigewichten auf einer Schulter durch die Gegend? Hey, dieser Wagen sollte mir gehören! Mir – und nicht diesem Kerl in der braunen Feinkordjacke mit dem falschen Fell am Kragen. Sofort werden Erinnerungen an meinen Jugendschwarm wach. Jordan Catalano, gespielt von Jared Leto, in der unverwechselbaren TV-Serie *Willkommen im Leben*. Wie gefesselt saß ich vor dem Fernseher und habe mit Angela Chase gelitten, gelacht und geweint, als ihr Schwarm, der wunderbare Jordan, lieber mit ihrer besten Freundin ins Bett gestiegen ist. Männer wie dieser Jordan sind die falschen; und wir Frauen verlieben uns immer wieder in sie, als ob wir vergessen hätten, wie weh es beim letzten Mal getan hat. Kordjacken mit falschem Fell – es sieht aus, als hätte ein Teddybär dafür sein Leben lassen müssen – sind also gefährlich. Ich muss mich von ihm fernhalten! Seine Jeans wird von einem Gürtel über der Hüfte gehalten. Ein Glück: keiner dieser Spinner, die meinen, mit einer extra Portion Coolness ausgestattet zu sein, nur weil sie eine Hose in der Kniekehle tragen. Dazu trägt er einen schwarzen Hut, wie ihn viele „Kreative" dieser Tage tragen. So einer ist es also, Marke Hipster. Bestimmt kommt er aus Berlin, ist ein total cooler Typ und in seinem Kiez bekannt wie ein bunter Hund. Die meisten meiner Freundinnen würden für einen Typen wie ihn alles liegen und stehen lassen. Aber ich habe höhere Ziele als nur eine dämliche Telefonnummer. Ich! Will! Diesen! Gepäckwagen!

Kurzerhand plane ich, ihn mit meiner Reisetasche k. o. zu schlagen und dann mit seinem Gepäckwagen Fahrerflucht zu begehen – aber es tut sich etwas an den Telefonzellen und die Menschenschlange, in der ich mich befinde, macht einen großen Schritt nach vorne. Sehr gut. Nur noch vier Familien vor mir. Einige von ihnen sehen aus, als hätte ich sie schon mal in einer RTL2-Reality-Show gesehen. Aber ich verkneife mir die Nachfrage bei den Exemplaren vor mir. Eine Großfamilie. Fünf Kinder, eine wohlbeleibte Mutter und ein vollschlanker Vater, der sich hinter einem Laternenpfahl verstecken könnte. Die Kinder sehen aus wie die perfekte Mischung von beiden Extremen. Aber von wem sie das Benehmen haben, kann ich nicht auf Anhieb sagen. Einer der Jungs tritt dem Mädchen ans Schienbein, sie schreit auf, aus Solidarität schreit das andere gleich mit.

Die Mutter packt den Jungen, der Vater packt das Mädchen und schubst sie möglichst weit voneinander weg, so als wären sie im Ring und müssten in getrennte Ecken. Ruhiger wird es deswegen nicht, ganz im Gegenteil. In unterschiedlichen Stimmlagen, aber in der gleichen Lautstärke höre ich Sprüche wie: „Er hat angefangen!“, „Sie hat mich zuerst getreten!“ und „Seid jetzt still, sonst setzt es was.“

Einige der Menschen um uns herum drehen sich zu uns und schütteln die Köpfe. Wie? Was? Denken die etwa, ich gehöre zu dieser Familienbande? Unauffällig mache ich einen kleinen Schritt zurück, nehme Abstand zu dem schreienden Grüppchen ein. Sofort wird diese Aktion mit einem wütenden Blick der Mutter quittiert. Wie kann die erwachsene Tochter es wagen, sich jetzt von ihrer Familie zu distanzieren? Ich trete wieder näher an sie heran, weil ich Angst habe, wenn ich jetzt etwas sage, dann „setzt es was.“ Ich bin genervt. Wirklich genervt. Wenn ich Bing Crosby jetzt treffen würde ...

Was ist das? Ein Mann in einem langen schwarzen Mantel schiebt sich direkt aus der Zelle neben mir und hält mir lächelnd die Tür auf. Mir. Und nicht der Familie. Ich husche unter seinem Arm ins Innere und ziehe die Tür so schnell zu, als wäre sie aus Panzerglas und könnte mich selbst vor einer Zombie-Attacke schützen. Die Mutter wirft mir (als ihrer neuen Ziehtochter) einen vernichtenden Blick zu. Aber ich drehe mich schnell weg und wühle meinen Geldbeutel aus meiner Handtasche, in der ich ohne Probleme eine ganze Flüchtlingsfamilie durchschmuggeln könnte. Wie gut, dass ich ab und zu auf meine Mutter – also meine richtige Mutter – höre und diese alte Telefonkarte immer bei mir trage. Sofort schiebe ich sie in den dafür vorgesehenen Schlitz, nicht ohne noch dem Mann im Mantel einen dankbaren Blick zuzuwerfen. Er nickt mir grinsend zurück und schultert dann seine Laptop-Tasche, als würde sie nichts wiegen. Unmöglich kann er alles, was er braucht in dieser Tasche unterbringen. Jetzt erklärt sich auch der schwarze Mantel. Er muss ein Zauberer sein. Denn ohne Magie kann ich mir das nicht erklären. Er ist leider ein bisschen zu alt, sonst hätte ich ihn zu einem Kaffee eingeladen. Aber ich habe jetzt eine ganz andere Mission. Ich wähle die Nummer meiner Eltern in Berlin und warte, während der Junge der Großfamilie seine Nase gegen die Scheibe meiner Telefonzelle drückt –

dabei verteilt er eine ordentliche Portion Rotz auf der Scheibe. Oh Bing, gnade dir Gott!

Schon nach dem dritten Klingeln nimmt meine Mutter ab und ich kann den weinerlichen Unterton in meiner Stimme nicht verbergen. Am liebsten würde ich heulen, aber ich bringe die Worte ganz ohne Tränen über die Lippen.

„Mama? Ich bin noch in Stuttgart."

„Wer ist da?"

„Pippa. Deine Tochter."

Ich frage mich, wie oft Frauen bei meiner Mutter anrufen und sie Mama nennen. Soweit ich weiß, gibt es außer mir und meinem Bruder (der zwar längere Haare, aber auch eine tiefere Stimme hat als ich) keine weiteren Kinder.

„Ah, Pippa ... wie geht es dir? Wo bist du?"

Lassen Sie sich nicht täuschen, die Verbindung ist hervorragend. Aber vermutlich löst meine Mutter, während ich einen panischen Anruf voller Verzweiflung tätige, eines dieser Sudoku-Rätsel. Oder ein Kreuzworträtsel. Oder sie liest Videotext. Meine Mutter ist ein Paradebeispiel für Multitasking. Nur leider hört sie dann nicht mehr zu.

Ich verdrehe einen Moment die Augen und sehe dann, wie der Junge der Großfamilie die Zunge an das Glas der Telefonzelle drückt. Nett. Das gibt bestimmt eine hübsche Entzündung der Mundschleimhaut.

„Ich bin noch in Stuttgart. Und ich habe hier keinen Empfang. Also stehe ich in einer Telefonzelle. Es schneit hier, ich komme nicht weg."

„Ja, in Berlin schneit es auch."

Das ist besonders aufmunternd. Meine Mutter ist ein wahres Motivationstalent.

„Tja. Soll ich wieder nach Freiburg?"

„Aber dann sehen wir uns ja gar nicht."

„Ich weiß."

Es wäre das erste Weihnachten in meinem ganzen Leben, das ich nicht bei meinen Eltern verbringe. Plötzlich fühle ich mich so, als wäre ich zehn Jahre alt. Alles was ich möchte, ist eine Umarmung von meiner Mama.

„Wart doch erst mal ab, was passiert. Vielleicht tut sich ja noch was mit dem Flug, ja? Ich muss jetzt die Soße umrühren."

„Okay."

Und dann hat sie schon aufgelegt. An Weihnachten herrscht bei uns daheim grundsätzlich Stress, und meine Mutter zählt nicht zu den stressresistentesten Menschen die ich kenne.

Irgendwie habe ich mir gewünscht, dass meine Mutter fast traurig wäre, dass ich nicht kommen kann. Sie hätte ja auch spontan anfangen können zu weinen, oder so etwas. Sie hätte meinen Vater rufen und ihm die schreckliche Nachricht überbringen können. Nichts. Nur: „Ich muss jetzt die Soße umrühren." Und was soll ich in dieser Zeit bitte tun? Auf meiner Tasche sitzen und die Schneeflocken zählen? Weiß sie denn nicht, in welch aussichtsloser Lage ich mich befinde, so ganz ohne Gepäckwagen?

Bevor der Junge die Scheibe auch noch einschlagen kann, trete ich aus der Zelle und marschiere mit einer Art Tunnelblick durch die Massen. Meine Reisetasche zerre ich hinter mir her wie ein Tier, das ich auf einer Safari erlegt habe. Und genauso fühle ich mich auch. Jetzt sollte man mir unter keinen Umständen eine Schusswaffe oder einen spitzen Gegenstand reichen.

Kapitel 2

Da ist er plötzlich wieder: der Kordjacken-Typ. Vielleicht sollte ich ihn einfach fragen, ob er mir seinen Wagen nicht einfach so geben würde. Wäre das unverschämt? Natürlich wäre das unverschämt. Aber genau hier liegt mein Problem. Ich bin nicht unverschämt genug. Ich habe nicht diesen Augenaufschlag, der Männer dazu bringt, mir sofort ihren Gepäckwagen zu überlassen. Ich falle leider in die Kategorie „nett, harmlos und etwas langweilig". Machen wir uns nichts vor: ich bin 29 Jahre jung, lektoriere Reiseführer, und bin an Weihnachten an einem fremden Flughafen eingeschneit, weil ich keine Kinder habe. Das wird sich auch nicht ändern, solange ich an Benny hänge. Benny. Da ist es wieder, das Gefühl. Nur nicht losheulen. Immerhin bin ich jetzt schon ein bisschen wütend. Und das heißt bei mir schon jede Menge.

„Verzeihung ... Ähm ... Hallo ..."

Okay, das klingt jetzt noch nicht wie eine Kampfansage, aber es kann sich ja noch steigern. Tatsächlich bleibt er stehen, als ich schüchtern an seinem Ärmel zupfe und gleich zum ersten Mal sein Gesicht sehen werde.

„Ja?"

Braune Haare schauen unter seinem schwarzen Hut hervor, er hat ein kantiges und unrasiertes Gesicht. Perfekt dazu passt die dunkle Brille, die inzwischen jeder trägt, auch wenn nur Fenstergläser eingesetzt sind. Er trägt sie bestimmt auch nur, um besonders hip zu wirken. Dahinter sitzen blaue Augen, die mich jetzt genau ansehen. Irgendwie sieht er ein bisschen aus wie ein klassischer Nerd, der daheim Comics sammelt und als Frodo verkleidet auf Fan-Conventions geht. Ich muss unverschämt sein – gar nicht so einfach bei den blauen Augen.

„Würdest du mir deinen Wagen überlassen? Du hast nur eine Tasche und die sieht nicht schwer aus. Aber meine, ich habe sie total überpackt. Schau mal!"

Wie zum Beweis zerre ich am abgerissenen Gurt und lache dabei etwas hysterisch. Wie schnell kann sich eine Frau zu einer Vollidiotin machen? Ich habe den Rekord auf jeden Fall gerade gebrochen.

„Wie bitte?"

Er sieht mich mit einer Mischung aus Überraschung und Empörung an. Herrgott, ich habe doch nicht nach einer Spenderniere gebeten! Also noch mal, diesmal vielleicht ohne jegliche Blamage.

„Ja also, ich brauche deinen Wagen. Also, nicht dein Auto. Mehr so das hier."

Pippa, reiß dich verdammt noch mal zusammen! Er mag ja tolle blaue Augen. Aber es geht hier um wichtigere Dinge!

„Gepäckwagen."

Wenn ich nur noch einzelne Worte von mir gebe, neige ich vielleicht nicht mehr dazu, kompletten Unsinn zu erzählen. Er nickt und ich kann hoffen.

„Das kann ich leider nicht. Sportverletzung im Schultergelenk. Ich könnte diese Tasche gar nicht tragen."

Er will schon wieder weiter, als mir klar wird, was für ein Typ dieser Macho eigentlich ist. Die coole Brille, die ihn zu einem urbanen Hipster machen soll, ist doch einfach nur lächerlich. Peinlicher Vogel! Mit Sportverletzung meint er vermutlich eine Sehnenscheidenentzündung, die er sich beim *World of Warcraft*-Onlinespiel zugezogen hat. Denn obwohl er eine ganz gute Figur haben mag (nein, nicht darauf achten!) sieht er nicht so aus, als ob er Gewichte stemmen würde. Er ist ziemlich groß und eher schlank. Kein Muskelberg. Also doch der Rollenspiel-Nerd. Klar, solche Typen haben null Sozialkompetenz. Woher soll er also wissen, wie sich echte Gentlemen benehmen, wenn sie einem realen weiblichen Wesen und keinem Online-Troll begegnen? Ich beschließe, die Wut des heutigen Tages an ihm auszulassen. Das hat er jetzt davon.

„Vielen Dank auch, du Nerd."

Das klingt erstaunlich bissig und ich bin fast etwas stolz auf mich. Er sieht mich irritiert an.

„Hey, ich muss auch hier rumstehen und warten."

„Und? Verpasst du jetzt eine Folge *The Big Bang Theory*?"

Er will etwas erwidern, aber ich stampfe einfach davon. Nur nicht umdrehen. Der perfekte Abgang einer Diva. So als würde ich wie Joan Collins im *Denver Clan* die Treppen hinabschweben. Aber ich verheddere mich im letzten Träger meiner Tasche und lande fast der Länge nach auf dem Flughafenboden. Aber statt hier und jetzt einfach so auf die Schnauze zu fallen, reiße ich den zweiten Träger ab und habe jetzt den Salat. Der Kordtyp steht noch in meiner

Nähe und jetzt hoffe ich, er muss bis nach Neujahr an diesem Flughafen versauern und verpasst seine LAN-Party.

Ich trete und schubse meine Tasche so lange über den spiegelglatten Boden, bis ich außer Sichtweite bin und atme dann tief durch. Nur nicht ausrasten oder heulen. Das bringt jetzt nichts. Ich muss mich beruhigen. Während andere zu diesem Zweck eine spezielle Yogastellung einnehmen und sich in eine Palme verwandeln, hilft bei mir nur eine Cola. Ich muss nur einen Automaten finden. Bitte, etwas zu trinken. Flüssigkeit! Jetzt merke ich, wie ausgetrocknet ich bin. Nach dem Kaffee und einer kleinen Flasche mit Mineralwasser hatte ich heute noch nicht viel. Oh, ein Café! Dort müsste es eigentlich etwas zu trinken geben. Und vielleicht etwas zu essen, denn ich habe auch noch Hunger. Mein Adrenalin hat mich bisher von den anderen Gefühlen abgelenkt. Aber das Café ist überfüllt, es würde ewig dauern, bis ich ein Sandwich und eine Cola bekomme. Also bleibt nichts anderes übrig, als einen Automaten zu finden. Vielleicht reichen ja schon ein Päckchen M&Ms und eine Cola? Ich will ja nicht undankbar sein. Nur etwas Zucker, bevor mein Kreislauf mich ebenso hängen lässt, wie der komplette heutige Tag. Und natürlich Bing Crosby. Da vorne! Cola! Der Automat, ausnahmsweise nicht voll belagert von weiteren Großfamilien, die mir zu folgen scheinen. Ich will nur hoffen, dass es Cola gibt. Oder lese ich jetzt den Zettel *„Außer Betrieb“*? Würde sich das nicht perfekt in den bisherigen Verlauf einfügen? Vermutlich würde ich dann sogar lachen. Ein schüchtern wirkender Typ erreicht vor mir den Automaten und wirft Geld in den Schlitz. Nein, bitte nicht! Das darf nicht wahr sein!

Ich nähere mich langsam. Immer gegen den Wind anschleichen, geschmeidig bewegen, wie eine Großkatze. Da, tatsächlich, er bekommt eine Flasche Cola. Glasflaschen. Himmel, gibt es hier keinen Fortschritt? Wo bin ich hier gelandet? So schüchtern scheint der Typ dann doch nicht zu sein. Er öffnet die Flasche locker am Rand des Automaten, wie es nur echt coole Typen können. Der Deckel springt ab und fällt auf den Boden, wo er achtlos unter den Automaten gekickt wird. Ich lächele, als der Typ sich an mir vorbeischiebt. Da bleibt doch nur noch eines: ich werde es ihm nachmachen. Fanta, Cola, Cola Zero und Sprite. Was für eine wunderbare Auswahl. Wenn ich noch mehr Kleingeld finde, kann ich mir hier in den nächsten Stunden einen Zuckerschock holen. Trotzdem entscheide ich mich für das schwarze Getränk, das nach nichts schmeckt (wenn wir ehrlich sind). Millionen verdient dieser Konzern alleine durch Werbung. Jedes Kind kennt es, will es und kriegt es sogar. Aber wenn Sie mich fragen: Nach was schmeckt es eigentlich? Keine Ahnung. Beschreiben Sie doch mal den Geschmack. Na? Aha, dachte ich es mir doch. Es schmeckt nach nichts. Nach gar nichts. Und genau nach diesem Nichts sehne ich mich jetzt.

„Wird das heute noch was?"

Ich drehe mich überrascht um. Ja, ich kenne diese Stimme. Zwar nicht besonders gut, aber ich kenne sie. Zumindest habe ich sie schon mal gehört. Der Gepäckwagen, den ich aus dem Augenwinkel erspähe, lässt mich Böses ahnen. Ich drehe mich genervt um.

„Sieh einer an."

„Also? Ich will mir dieses Jahr auch noch was zu trinken holen ..."

Diese Chance gebe ich ihm nicht. Er würde mir einfach so vor meinen Augen die letzte Flasche Cola aus dem Automaten ziehen – und dann würde er grinsend mit seiner Kordjacke und dem Gepäckwagen verschwinden. Tolle

Leistung, Nerdboy, aber diesen Triumph schenke ich dir ganz sicher nicht einfach so.

„Gedulde dich bitte noch einen Moment. Ich entscheide mich gerade."

Mein Geld wird immer weniger. Zumindest mein Kleingeld. Ich habe ja auch nicht damit gerechnet, unendlich viele Stunden hier in Stuttgart zu verbringen. Ich sollte schon längst über den Wolken sein. Auf dem Weg zu meiner Familie und dem Tier. Nachdem ich das Kleingeld durch den Schlitz schiebe, dauert es einige Sekunden ... Endlich nehme ich das erlösende Geräusch wahr, die Flasche ist unten angekommen. Betont lässig – zumindest versuche ich so zu wirken – ziehe ich sie aus dem Automaten und sehe dann wieder zum Kordjacken-Typ hin.

„Tu dir keinen Zwang an."

Ich gehe zwei Schritte zurück und für einen kurzen Moment überlege ich mir, ob es nicht die Chance wäre, seinen Gepäckwagen zu klauen. Mit einem leichten Schubs könnte ich seine hässliche Sporttasche auf den Boden schubsen und dann wäre ich weg. Es wäre das absolute Highlight meines ansonsten ziemlich besch...eidenen Tages.

Auch seine Colaflasche ist unten angekommen, das verrät das dumpfe Geräusch. Das heißt, ich muss mich entscheiden. Jawohl, Pippa Wunsch wäre gern unheimlich cool und gerissen. Sie würde dann als erster Flughafen-Outlaw in die Geschichte eingehen. Man würde sich an den Lagerfeuern erzählen, dass sie eine Frau ohne Nerven sei, kühn und überlegen. Dass sie Gepäckwagen stiehlt wie keine zweite und zahllosen Männern den Kopf verdreht. So ein Blödsinn! Ich habe null kriminelle Energie in mir. Ich bin ein hoffnungsloser Fall. Jetzt öffnet er seine Colaflasche genauso lässig, wie der Typ vorhin. Da dämmert es mir langsam. Wie um alles in der Welt soll ich nur diese Flasche öffnen? Ich beherrsche die Feuerzeug-Flaschenöffner-Technik kein bisschen (wie die meisten anderen Frauen übrigens auch). Ich bin der Typ Frau, der auf jeder Uni-Fete immer einen netten Kerl darum bitten musste, die Bierflasche zu öffnen. Okay, das ist eine gute Masche um nette Kerle kennen zu lernen. Ich habe, um es nicht unerwähnt zu lassen, meinen Ex-Freund Benny genauso kennen gelernt. Aber ich rauche nicht, also habe ich kein Feuerzeug. Benny ... Seine blonden Locken, seine strahlenden grünen Augen und das

Zahnpasta-Lächeln, immer wenn er mich gesehen hat. Wie gerne hätte ich ihn jetzt hier. Er würde mir die Flasche öffnen, meine Tasche tragen und mich in den Arm nehmen. An Weihnachten und allen anderen Feiertagen fällt es mir besonders schwer, alleine zu sein. Deswegen war die Flucht zu meinen Eltern eine gute Art der Ablenkung. Jetzt stehe ich aber dennoch alleine hier und könnte heulen.

„Soll ich für dich die Flasche aufmachen?"

Ich muss mich verhört haben. Hat der Kerl etwa gerade angeboten, mir zu helfen? Da schau mal einer an, dieser Gepäckwagen-Kordjacken-Nerdbrillen-Typ kann mir also ohne weiteres die Flasche öffnen? Seinen Wagen darf ich aber nicht haben? Ich drehe mich zu ihm um und funkele ihn wütend an. Zwar sieht es ein bisschen so aus, als würde ich hektisch blinzeln, aber das ist mir jetzt egal.

„Schaffst du das denn mit deiner Sportverletzung?"

Ich drehe mich weg und warte, bis er mit seinem Wagen und der Flasche irgendwohin verschwindet, damit ich mich weiter meinem Problem widmen kann. Leider tut er das nicht. Er trinkt erst mal genüsslich einen Schluck Cola. Arschloch. Er weiß ganz genau, dass ich die

Flasche ohne männliche Hilfe oder/und einen Flaschenöffner nicht öffnen kann. Aber lieber flehe ich einen dieser Flugbegleiter in viel zu engen Hosen an, als ihn darum zu bitten. Da beiße ich doch lieber meine Zunge ab und schlucke sie runter. Blödmann. Er bietet ein geradezu wunderbares Ventil für meine angestaute Wut. Ich kenne ihn nicht, weiß nicht mal wie er heißt – und es interessiert mich auch nicht. Obwohl ... Jetzt, da er sich endlich von mir entfernt, muss ich schon erwähnen, dass sein Hintern definitiv einen zweiten Blick wert ist. Aber ich habe wahrlich größere Probleme als die Attraktivität dieses Giftzwergs (der mich übrigens um zwei Köpfe überragt). Ich werde diese Flasche alleine öffnen. Ich kann und werde es schaffen! Erst ein sicherer Blick in Richtung Kord-Nerd. Weg, gut. Sonst auch keine weiteren Zuschauer. Dann mal los. Wie war das? Flasche schräg halten, Maß nehmen und dann an den Rand des Automaten schlagen.

Klirr.

Nein, so war das also wohl nicht gedacht. Dabei hätte ich es wissen müssen. Der komplette Flaschenhals ist an der scharfen Kante des Automaten zersplittert. Die Cola läuft mir über die Hand und mein Zeigefinger blutet.

Peinlich. Ich habe mich zur kompletten Idiotin gemacht und muss nun an meinen Fingern lecken, um meinen Durst zu stillen. Das habe ich wirklich ausgesprochen gut hinbekommen! Ein Blick über die Schulter reicht, um das breite Grinsen des – ja, Sie ahnen es! – zu sehen. Natürlich hat er die ganze Szene beobachtet. Ich werde langsam aber sicher wütend. Also echt jetzt, so richtig wütend.

Können Sie sich vorstellen, wie deprimierend es ist, mit einer schweren Tasche, die man nur schubsen, aber nicht mehr tragen kann, einer Colaflasche (ich habe eine neue ziehen müssen) und keinem Freund auf der ganzen weiten Welt, hier im Stuttgarter Flughafen an Weihnachten gefangen zu sein? Während mein Ex-Freund (oder auch die angebliche Liebe meines Lebens) irgendwo vor einem wunderschön geschmückten Baum sitzt und Geschenke auspackt? Können Sie das? Ja, ich neige zu Übertreibungen. Aber vor mir sitzt die Großfamilie und mampft selbst gemachte Brote. Käse, Schinken, Salat ... Eine Flasche Sprudel macht die Runde. Nein, das Leben ist nicht fair. Zumindest nicht mein Leben. Nach dem peinlichen Zwischenfall am Getränkeautomaten hatte ich noch immer keine Gelegenheit, meine

Cola zu öffnen. Die Welt ist so ungerecht. Wenn meine beste Freundin jetzt hier wäre, das wäre wie ein Geschenk des Himmels. Ich kenne sie schon mein ganzes Leben. Einmal haben wir eine ganze Nacht darüber gelacht, wie lustig es wäre, einer Schulfreundin die Haare zu schneiden. Gott, das waren noch Zeiten! Inzwischen lebt sie in London und telefoniert den ganzen Tag mit unglaublich wichtigen Menschen, deren Namen ich noch nie gehört habe, die aber wohl die Weltwirtschaft am Laufen halten. Oder sowas in der Art. Ich habe es bis nach Freiburg gebracht, wo ich jeden Tag die Texte über fremde und exotische Orte korrigiere, an denen ich noch nie in meinem ganzen Leben war – und wo ich wohl auch niemals hinkommen werde. Wenn ich die Augen zumache, dann kann ich es mir manchmal so gut vorstellen: Dann schmecke ich die typischen Gerichte eines bestimmten Landes und rieche die Luft in der Natur von Amerikas Nationalparks. Dann spüre ich die Brandung der Bondi Beach in Australien. Dann höre ich in Südafrika die Löwen brüllen. Aber eigentlich lese ich nur Texte für Reiseführer. So komme ich irgendwie um die ganze Welt, ohne meine kleine Stadt verlassen zu müssen. Es traut mir auch niemand zu, einfach mal eine Safari durch den Krüger-Nationalpark zu machen. Denn tatsächlich glauben alle Leute, die mich kennen, dass ich jemanden brauche, der auf mich aufpasst. So wie ich jetzt hier sitze, würden die meisten ihnen Recht geben. Ich kann ja nicht mal alleine eine Flasche öffnen, ohne mir dabei in den Finger zu schneiden. Und das mit meinen stolzen 29 Jahren.

„Willst du die Cola auch noch mal trinken oder hebst du sie auf?"

Diesmal erkenne ich seine Stimme sofort. Ich habe sie praktisch gespeichert, weil ich fest damit rechne, eines Tages seine Stimme im Radio zu hören. In meiner Vorstellung heißt er Tobias und ist natürlich stinkreich. Ich höre also Radio, ein Lied welches mir besonders gut gefällt: irgendwas von Robbie Williams. Sie würgen die letzten paar Takte ab – – Wie ich das hasse! Ich singe dann immer noch laut mit und plötzlich ist die Musik weg! Sie würgen also die letzten paar Takte ab, und der Moderator sagt mit seiner TKKG-Erzählerstimme: *„Wir haben jetzt den Gewinner der Weltreise am Telefon. Hallo Tobias …"* Es trifft immer die Reichen. Die, die Australien schon zweimal gesehen haben. Vermutlich haben sie dort auch schon eine

Stammkneipe. Ich werde Australien nie sehen. Dann drehe ich mich zu ihm rüber und lächele überlegen.

„Danke der Nachfrage. Ich hebe sie auf."

Er grinst mich breit an und schiebt seine Nerdbrille auf seiner Nase hin und her.

„Ach ja, für einen bestimmten Moment?"

„Für den nuklearen Winter!"

Wow, das war schlagfertig. Ich bin überrascht. So etwas kann ich eigentlich nicht besonders gut. Ich stottere dann immer und meine Gesichtsfarbe färbt sich rot. Und wenn ich sage rot, dann meine ich knallrot. Ich bekomme dann nicht einfach ein bisschen Farbe auf die Wangen – oh nein! Ich leuchte dann wie eine Glühlampe im Puff. Und meine Ohren erst – ich habe ziemlich große Ohren, die manchmal zwischen meinen Haaren aussehen wie Satellitenschüsseln, die auf dem Waldmond Endor rumstehen – meine Ohren werden dunkelrot. Heute nicht! Nicht vor diesem Kerl!!

„Das war witzig. Soll ich dir trotzdem die Flasche öffnen?"

Das wäre natürlich die beste Lösung. Ich gebe ihm die Flasche. Er macht sie auf und ich habe meine Ruhe. So lange, bis er in der Zukunft seine Reise gewinnt und ich dann mein Radio aus dem Fenster werfe. *„Hass ist der Weg zur dunklen Seite der Macht, junger Jedi.“* Meister Yoda hat vollkommen Recht. Während mir noch zehn weitere *Star* Wars-Zitate durch den Kopf schießen, frage ich mich, mit welchem Recht ich ihn überhaupt einen Nerd nenne? Ich versuche zu lächeln. Das fällt mir eigentlich sehr schwer. Ich kann nicht besonders gut lächeln, während ich tiefe und ernste Mordgelüste gegen ihn hege. Eine spontane Verbrennung vielleicht?

„Das wäre wirklich sehr nett.“

Ich reiche sie ihm und hoffe, dass er sein Handwerk versteht. Noch eine kaputte Glasflasche kann ich nicht verkraften. Er greift in die Innentasche seiner Jacke und zückt ein blaues Feuerzeug. Aha, Blau. Sexy. Es gibt doch nichts Peinlicheres, als einen süßen Kerl in einer Kneipe anzusprechen. Er lächelt sexy, du machst dir Hoffnungen – und dann ein pinkfarbenes Feuerzeug. Entweder es gehört seiner Freundin oder er ist schwul. Beides ruiniert die Chance auf einen netten Abend zu zweit. Blau. Ja, das passt zu ihm. Peinlich finde ich übrigens auch diese Feuerzeuge mit einer halbnackten Frau drauf. Ein totaler Flop.

Die Flasche bleibt heil und er lächelt.

„Wow, nicht schlecht für einen Sheldon Cooper."

Ich bin mir nicht sicher, ob er die Anspielung auf eine der Hauptfiguren aus *The Big Bang Theory* versteht. Aber es ist mir egal, ich will nur diese Cola.

„Habe ich gerne gemacht, Penny."

Touché. Er kontert geschickt und scheint die Serie ebenfalls gut zu kennen. Ich spüre ein Lächeln auf meinem Gesicht. Nein, nicht lächeln. Hass! Ich suche den Weg zur dunklen Seite der Macht! Folge den Worten von Darth Vader und herrsche mit ihm über die Galaxie. Aber woher soll ich ahnen, dass der Han Solo in meiner Galaxie so süß lächeln kann? Ich will nach der Flasche greifen ...

„Ich nehme an, dein Name ist nicht wirklich Penny. Oder?"

„Nein."

„Darf ich erfahren wie du heißt? Wenn ich dir schon die Flasche geöffnet habe?"

Was? Stellt er jetzt Ansprüche? Ich habe ihm noch nicht mal den Platz neben mir angeboten. Und jetzt will er wissen wie ich heiße? Soll ich lügen? Daniela? Soll ich Blödsinn reden?

„Pippa. Und du?"

Er reicht mir die Flasche, dabei berühren sich unsere Finger und irgendwas passiert.

„Nicht Sheldon."

In meinem Kopf habe ich ihm ohnehin schon einen anderen Namen verpasst. Tobias. Ein neureicher Tobias, der die Weltreise gewinnen wird.

„Lukas."

Lukas, sein Name ist Lukas. Irgendwie will ich jetzt mehr über ihn erfahren. Ist das sein Vor- oder Nachname? Ist es ein Zufall, dass er wie George Lucas, der Schöpfer meiner *Star Wars*-Galaxie heißt? Wo wohnt er, was macht er und wann kann ich endlich seinen Gepäckwagen haben? Ich höre meine Stimme und merke, dass ich ganz offensichtlich rede.

„Willst du dich vielleicht setzen?"

Was zum Henker erzähle ich denn da?

„Neben dich? Ich weiß nicht ... Vielleicht schlägst du mich."

Verdient hätte er es ja.

„Oder aber ich beiße und spucke."

Woher habe ich diese Schlagfertigkeit? Das macht mir ja fast Angst. Nur ein Tag am Stuttgarter Flughafen und schon werde ich cool und lässig? Solche Verwandlungen passieren a) nie binnen so kurzer Zeit, und b) enden sie niemals gut. Schlag Mitternacht würde ich mich ja doch wieder in einen Kürbis verwandeln. Er nimmt übrigens wirklich Platz und seine Kordjacke streift meinen Unterarm. Was war das schon wieder? Dieses Gefühl ... Ich muss aufhören, die Assoziation zu Jordan Catalano, der Serienfigur meiner Jugendjahre zu ziehen.

„Dein Flieger geht nicht mehr raus?"

„Doch, klar. Ich verbringe für gewöhnlich nur gerne einfach so unglaublich viel Zeit an Flughäfen."

„Mit kaputten Reisetaschen."

Verdammt, verdammt, verdammt. Wir könnten den gleichen Humor haben und das ist kein gutes Zeichen, denn bei allen Online-Dating-Portalen, bei denen ich ein Profil habe – also allen – gebe ich bei der Frage: „Was ist Ihnen bei Ihrem Partner besonders wichtig?" grundsätzlich an: *Humor*. Benny hat einen ganz anderen Humor als ich, aber das fand ich nicht schlimm. Ich konnte immer über seine Witze lachen und mich dabei köstlich amüsieren, während ihm meine Art von Humor wohl eher unangenehm war.

Lukas sieht mich nicht an, sein Blick geht starr geradeaus, aber ich sehe, dass er lächelt. Wenn er lächelt, dann hat er Grübchen. Bitte, welche Frau ist immun gegen Grübchen bei Männern? Ich jedenfalls nicht. Um ihn nicht weiter anstarren zu müssen, entscheide ich mich etwas zu sagen. Gott steh mir bei!

„Geht deiner noch raus?"

Okay, so übel war das gar nicht. Eine Frage, kein Ausrutscher. Er zuckt mit den Schultern und sieht mich jetzt doch von der Seite an. Seine Augen sind wirklich erstaunlich blau. Auch wenn sie irgendwie müde wirken. Vermutlich hat er einen ebenso anstrengenden Tag gehabt wie ich.

„Das wissen die noch nicht. Vielleicht komme ich mit einem anderen Flug weg."

„Nach Hause?"

Zu Frau und Kind? Aber ich belasse es bei einer unverfänglichen Version der Frage.

„Ja. Du? Weihnachten bei der Familie?"

„Und dem Tier."

Wieso ich das einfach so sage und nicht vorher darüber nachdenke, kann ich mir nur durch seine blauen Augen erklären. Immer wenn er seinen Blick von meinen Augen über meine Nase zu meinen Lippen gleiten lässt, werde ich nervös.

„Ihr habt ein Haustier?"

„Nein, mein Bruder hat wieder geheiratet."

Okay, ich erteile mir jetzt mal eine kleine Auszeit. Bevor er nachfragen kann, sehe ich in eine andere Richtung und fixiere zur Strafe den kleinen Jungen der Großfamilie, der auf äußerst unappetitliche Art und Weise sein Brötchen verspeist. Ich höre Lukas lachen und spüre, dass er sich ein bisschen zurücklehnt. Ja, sicher, das klingt bestimmt lustig, wenn man nicht mit dieser Person verwandt ist, selbst wenn es nur angeheiratet ist. Jetzt trägt sie den gleichen Nachnamen wie ich – und somit könnten Menschen fälschlicherweise annehmen wir wären tatsächlich verwandt. Ich habe das Gefühl, die Sache erklären zu müssen. Das kann nur schief gehen. Also sehe ich ihn wieder an. Er hat die Brille abgenommen und putzt sie mit Hilfe seines grauen Strickpullis, der ihm irgendwie zu groß ist, und dessen Kragen so ausgeleiert ist, dass man das weiße T-Shirt darunter sehen kann.

„Sie ist nicht wirklich ein Tier."

„Das dachte ich mir schon."

„Sie sieht nur ... irgendwie aus wie eins."

„Das muss ja nichts schlechtes sein. Hat sie Augen wie Bambi?"

„Eher einen Hintern wie ein Brauereipferd."

Er lacht wieder, diesmal richtig laut und es klingt tief und rau, als würde er rauchen oder sehr viel trinken. Ich bin also mal wieder der Pausenclown. Aber diesmal stolpere ich nicht über eine Stufe, lasse nicht meinen ganzen Einkauf auf der Treppe fallen. Nein, ich bin witzig. Bin ich witzig? Oder hat Lukas nur einen sehr merkwürdigen Humor, der meinem erschreckend ähnlich zu sein scheint. Daran könnte ich mich gewöhnen.

„Als ich dich vorhin gesehen habe, da schienst du irgendwie anders. Hätte ich gewusst, dass du meine Hilfe gar nicht brauchst hätte ich mir natürlich ein anderes Opfer gesucht."

„Ja, das war alles nur mein raffinierter Plan. Das unschuldige, ungeschickte Mädchen auf der Suche nach einer breiten Schulter zum Anlehnen. Aber ich vergaß, da bist du ja der Falsche."

„Bin ich?"

Blitzt da ein bisschen Enttäuschung in seinem Blick? Er setzt sich die Brille wieder auf und sieht mich genau an. Tatsächlich, er wirkt ein kleines bisschen enttäuscht. Verkraftet das sein Ego nicht?

„Deine lädierte Schulter ist reichlich ungeeignet zum Anlehnen."

„Die Sportverletzung!"

Er klingt fast etwas erleichtert. Ich könnte Gefallen an dieser Art der Unterhaltung finden. Ich glaube im Sprachgebrauch nennt man es Flirt. Aber da ich nie flirte und es nicht beherrsche, nenne ich es mal: Gespräch.

„Richtig. Der Grund, wieso ich deinen Wagen nicht bekommen kann. Stattdessen hast du erst mal meinen jämmerlichen Weg durch diesen Flughafen verfolgt. Was hat dann dein Mitleid geweckt?"

„Erstens, das mit der Schulterverletzung stimmt tatsächlich. Beim Fußball blöd hingefallen. Und das war kein Mitleid."

„Was war es denn dann?"

Er zuckt die Schultern und sieht wieder weg. Ich bekomme auf die Frage keine Antwort, nur ein Achselzucken. Aber vielleicht will ich die Antwort auch gar nicht hören.

„Also Pippa, was machst du beruflich?"

Er wechselt das Thema und ich bin mehr als dankbar, denn wenn er nichts gesagt hätte, dann hätte ich ihn einfach angesehen. Es ist absurd, weil er nicht wirklich mein Typ ist und weil ich ihn nicht mögen will. Aber es ist

Weihnachten – und wer will schon an Weihnachten alleine und ohne Freunde dastehen? Vielleicht ist das ja so wie im Krieg, wenn man sich an bestimmten Feiertagen auf eine Waffenruhe einigt. Ich will nur nicht alleine sein und Lukas ist nun mal der Einzige, der da ist.

„Ich bin Redakteurin. Für Reiseführer."

„Wow! Dann kommst du bestimmt total viel rum."

Irrtum. Aber so reagiert jeder. Wenn er wüßte, dass ich Deutschland bisher nur für den Schulausflug nach London verlassen habe, würde er mich auslachen. Ich werde zwar von all meinen Freunden als Telefonjoker bei Günther Jauchs *Wer wird Millionär* für die Reisefragen genannt, aber ich bin keine besonders gute Reisende. Beweisstück A liegt wie ein erschossener Hund zu meinen Füßen: meine Reisetasche. Wäre ich Profi, dann wäre ich auch in der Lage, eine Tasche so zu packen, dass sie nicht an Übergewicht verendet.

„Nein, ich korrigiere nur die Texte. Passe sie an die Formatvorgaben an. Solche Dinge. Ich besuche nicht die Orte."

Jetzt wirkt er enttäuscht, und diese Reaktion kenne ich zur Genüge. Alle denken, mein Job wäre super cool. Bis sie erfahren, wie uncool mein Job wirklich ist. Und dann sehen sie alle so aus wie Lukas.

„Aber wäre es nicht besser, wenn sie dich dahinschicken, damit du weißt, wovon ein bestimmter Autor spricht?"

„Natürlich wäre es besser. Aber auch viel zu teuer. Wer zahlt schon dafür, dass ich einmal um die Welt fliege?"

Vielleicht sollte ich ihm sagen, dass meine Firma eine recht kleine GmbH ist, die ganz sicher kein Geld für große Auslandsreisen der Mitarbeiter auf der hohen Kante liegen hat.

„Würdest du nicht gerne mal da- und dorthin?"

Ich wünsche mir manchmal, bei einem Thema bleiben zu können; aber während andere in einer Unterhaltung einem roten Faden folgen können, lasse ich mich von den vielen Gedanken in meinem Kopf ablenken. So wie jetzt. Lukas spricht weiter und meine Gedanken tun das, was ich nicht kann: reisen. Ich denke an den letzten Band, den ich gerade redigiert habe. Südafrika. Mensch, wie aufregend es sein muss, in einer dieser 4-Sterne-Lodges zu nächtigen und die Löwen an einem Wasserloch zu beobachten. Oder der Band davor: Australien! Sydney und die vielen Surfschulen, die auch mäßigen Schwimmern wie mir das Glücksgefühl auf dem Brett beibringen könnten. Zumindest behauptet das unser Reiseführer.

„Hallo?"

Lukas wedelt mit seiner Hand vor meinem Gesicht und ich komme zurück in die Realität.

„Huh?"

„Ob du nicht auch mal gerne an die ganzen Orte möchtest?"

„Doch klar, sicher. Irgendwann mal. Vielleicht. Mal schauen."

Ein euphorisches „*Na logo!*" sieht definitiv anders aus. Aber wozu lügen? Ich kann mir eben nicht vorstellen, wie ich alleine irgendwo auf Weltreise unterwegs bin. Ich finde es ja schon anstrengend, ein ganzes Wochenende nur mit mir alleine zu verbringen. Wie soll das erst werden, wenn ich drei Wochen buche? Irgendwie muss ich dieses Thema umschiffen.

„Und du spielst also Fußball?"

Da jeder Mann gerne über sich spricht, wird Lukas sicherlich keine große Ausnahme sein. Zwar zögert er – aber ich heuchle einfach etwas Interesse und ermutige ihn mit einem Lächeln dazu, mir etwas über sich zu erzählen.

„Ja, aber nicht hauptberuflich."

Das habe ich mir schon gedacht, dafür sind seine Waden doch etwas zu zierlich. Haben nicht alle Fußballer dicke Waden? Oder waren es dicke Oberschenkel? Ich kenne mich beim Thema Fußball nicht sonderlich gut aus. Okay, ich kann sagen, welcher Spieler mit welchem Top-Model mal in den Schlagzeilen war. Aber der Sport an sich interessiert mich nicht im Geringsten.

„Hauptberuflich machst du also was ... ?"

Muss man ihm denn alles aus der Nase ziehen? Die meisten Kerle, die ich kennen gelernt habe, können gar nicht mehr aufhören, über sich zu sprechen, wenn sie erstmal losgelegt haben. Lukas hier scheint da etwas anders zu sein. Noch weiß ich nicht, wie ich das einschätzen soll. Ist er einfach nur schüchtern? Oder verheimlicht er mir etwas? So etwas in der Art, dass es sein Hobby ist, Frauenkleider zu tragen.

„Ich bin sowas wie ein Autor."

„Sowas wie?"

„Ja. Also ich schreibe."

Ein Schriftsteller, sieh einer an. Dazu passt natürlich auch schon seine Nerdbrille viel besser. Schriftsteller sind irgendwie sexy, haben immer diese Aura eines verträumten Poeten. Frauen wie ich fliegen auf Schriftsteller.

„Habe ich vielleicht sogar schon mal was von dir gelesen?“

Sein Lächeln wird breiter, seine Brust schwillt vor Stolz geradezu an, und er will gar nicht mehr so schmal wirken.

„Da bin ich mir sogar sicher.“

Doppel-Wow. Ein Promi! Ich verbringe Weihnachten mit einem Promi. Lande ich etwa noch als Nebenfigur in seinem neuen Bestseller und kann damit meine studierten Kollegen beeindrucken?

„Zum Beispiel?“

Er ist verlegen, das kann ich sehen, Vielleicht liegt es an mir, da ich mich wie ein kleines Fangirl aufführe. Aber darin habe ich nun mal genug Übung, immerhin bin ich seit 1991 großer *Take That*-Fan. Nein, das ist nicht wahr, ich bin RIESEN *Take That*-Fan – und ich weiß, wie sich Fangirls zu benehmen haben. Immerhin hatte ich viel Zeit, um das zu perfektionieren. Wenn ein Lied der Jungs im Radio gespielt wird, dann kann ich noch immer kreischen, als wäre ich sechzehn und unglaublich in Jason Orange verliebt (ja, googeln Sie den Namen gerne, das ist der, an den sich außer mir nur wenige erinnern). Wie auch immer, ich bin ganz aufgeregt und gespannt zu erfahren, was für ein großartiger Schriftsteller meine neue Bekanntschaft ist.

„Kennst du dieses Orangen-Shampoo?"

Wovon redet er? Shampoo?

„Ähm, ja, ich denke schon. Wieso?"

Er räuspert sich und rückt seine Brille wieder gerade.

„Erfrischender Duft, der Sie auf eine Orangen-Plantage nach Sizilien entführt und Ihnen ein gänzlich neues Duschvergnügen beschert."

Es klingt auswendig gelernt. So wie er mich ansieht, erwartet er nun Applaus oder offene Münder. Oder beides. Ich kann ihm nur Verwirrung anbieten.

„Das ist von mir."

„Klingt nicht gerade wie Lyrik."

„Nein, nein. Ich schreibe die Texte, die auf den Produkten stehen. Shampoo, Fertigsuppen, Rasierschaum, Kerzen ... Das ganze Repertoire."

Kein Schriftsteller. Kein Spiegel-Bestseller.

„Verstehe."

Ich gebe mir offenbar nicht genug Mühe, meine Enttäuschung zu verbergen, denn er sieht mich traurig an.

„So reagieren alle. Erst so: Wow! Und dann: Ach, Werbefuzzi."

„Nein, nein, es ist cool."

Ist es nicht. Er ist nerdy und irgendwie ...

„Ich habe mich ja schon immer gefragt, wer diese Texte schreibt."

Interessant. Er hebt die Hand und grinst. So hat er irgendwas Süßes, wenn er mich wie ein kleiner Junge etwas unsicher ansieht. Diese Grübchen sind wirklich süß. Diese Weihnachtshormone tun mir nicht wirklich gut. Ich werde zu einer billigen Kopie meiner Jugendjahre.

„Aber Reiseführer sind viel cooler."

Er will mir ein Kompliment machen, aber es will ihm nicht so recht gelingen. Verschämt sieht er weg, als auch er bemerkt, wie komisch sein Satz klingt. Aber ich nehme das Kompliment trotzdem heimlich an und freue mich ein bisschen.

„Und wohin sollte dich dein Flieger heute bringen?"

Da er leider doch keinen weiteren Umgarnungsversuch unternimmt, versuche ich zumindest, das Gespräch nicht ins Leere laufen zu lassen.

„Nach Hamburg. Nach Hause."

„Ich war noch nie in Hamburg."

Ich war noch nie irgendwo, aber das behalte ich erneut für mich. Allerdings sieht er wieder zu mir.

„Das wird wohl ein weiterer Name auf der Liste mit Städten, die ich nie sehen werde."

Es soll wie ein Witz klingen. Er soll noch immer denken, dass ich lustig und unterhaltsam auf eine clevere Art und Weise bin, aber irgendwie klingt das sehr niedergeschlagen. Ich überspiele es mit einem breiten Grinsen. Wenn ich so weitermache, gehe ich als Kinderschreck durch. Das kleine Mädchen der Großfamilie schaut mich schon unsicher an. Weniger Zähne zeigen, Pippa. Ob Cola wirklich hilft, um mich zu beruhigen? Ich nehme zur Sicherheit noch einen großen Schluck.

„Aha. Du hast also schon einen festen Plan für dein Leben. Welche Stadt wirst du noch nicht sehen?"

Komisch, meine Mutter hat mir mal die gleiche Frage gestellt. Und ja, ich habe tatsächlich eine Liste. Es geht nicht darum, dass ich diese Städte nicht sehen will, ich werde sie einfach nie sehen. Soviel zu meinem Selbstbewusstsein und meinem Job mit den Reiseführern. Ich reise mit dem Finger auf der Karte um die Welt.

„New York, Rom, Venedig, Los Angeles, Paris, Barcelona – und natürlich Hamburg."

„Natürlich Hamburg. Das will jeder sehen. Aber wieso willst du es nicht sehen?"

„Oh, ich will die Stadt schon sehen, ich werde sie nur nicht sehen. Das ist ein Unterschied."

Und wieso erzähle ich einem Wildfremden meine Lebensgeschichte? Es scheint keine gute Idee gewesen zu sein, ihn hier neben mich zu bitten. Jetzt rede ich mich um Kopf und Kragen. Das ist keine Cola auf der ganzen Welt wert, auch wenn er wirklich süß ist und ich mich in seinen blauen Augen verlieren könnte. Es geht ihn nichts an.

„So pessimistisch? Bis eben hielt ich dich für optimistisch. Wieso solltest du Paris nicht sehen? Kauf dir ein Ticket und flieg hin."

Ich muss fast lachen. Weiß er denn nicht, dass man da erstmal einen Plan aufschreiben muss? Urlaub einreichen? Impfungen? Sprache? Flugangst? Hotel? Um nur einige Steine zu nennen, die auf dem Weg liegen. Aber auch nachdem ich ihn eine kleine Weile studiere, scheint er der Meinung, die Idee wäre brillant.

„Sicher. Klar. Alleine oder was?"

„Suche dir einen Reisepartner."

Der Kerl hat vielleicht Nerven.

„Ich buche also mal eben so Paris. Ich bin ja so unendlich spontan. Klasse Idee, Lukas."

„Du bist nicht spontan? Oh, dann ist heute wirklich dein Glückstag. Ehrlich."

Ich kann ihm nicht folgen. Ich sitze im Flughafen fest und verpasse das beste Weihnachtsessen der ganzen Republik, teile mir eine Sitzfläche auf dem Boden neben einem fast Fremden und könnte heulen. Und er spricht von Glückstag? So süß er auch sein mag, ich kann mich ausgesprochen gut einige Stunden selbst bemitleiden. Wieso macht er mir das jetzt kaputt? Spielverderber.

„Glückstag, weil du mich getroffen hast. Meine Freunde, davon gibt es genug, sind der festen Überzeugung, dass ich die Spontaneität in Person bin."

Ich möchte das bezweifeln, denn unter spontanem Verhalten stelle ich mir etwas anderes vor.

„Was hast du denn schon so Spontanes gemacht? Mir erst einmal fast zwei Stunden spontan nachgestellt, bevor du mich spontan angesprochen hast?"

Touché. Er zuckt sogar einen kurzen Moment zusammen, bevor seine Hand an die Brille wandert und er sie wie immer in Position bringt.

„Das ist etwas anderes. Ich musste erst mal die richtigen Wörter finden."

„Du schreibst hauptberuflich Werbetexte, oder?"

„Frauen ansprechen war nicht Teil der Ausbildung."

„Schockierend!"

Da ist es wieder. Verbales Pingpong. Können wir es nicht dabei belassen? Davon bekomme ich ein Kribbeln im Bauch und muss lächeln. Ganz anders, als wenn er mich zu einem Spontankauf von irgendwelchen Flugticktes überreden will.

„Weißt du, wieso ich zum Beispiel in Stuttgart bin?"

Als Neig'schmeckte meine ich dennoch, die Antwort zu kennen.

„Wege de' Spätzle?"

„Wohl kaum! Ich hatte einfach Lust, was anderes zu sehen. Ablenkung. Also bin ich hierher geflogen, habe bei Freunden an die Tür geklopft und mir die Stadt angesehen. Ist das spontan?"

Ja. Nein. Vielleicht. Vor allem aber ist es dämlich. Hat er denn die Risiken nicht bedacht? Zum Beispiel könnten seine Freunde verreist sein. Oder sie lassen ihn aus anderen Gründen nicht in die Wohnung. Wie dem auch sei, Spontaneität kann in die Hose gehen. Ich zucke nur ratlos die Achseln.

Lukas steht so schnell auf, dass ich fast erschrecke, und greift nach meiner Tasche. Zum Glück bin ich noch bei klarem Verstand. Ich ergreife ebenfalls einen der abgerissenen Träger meiner Tasche und sehe ihn kämpferisch an.

„Spontaner Kleptomane?"

„Nicht doch. Ich will dich dazu bewegen, was Spontanes zu machen."

Dieser Typ entwickelt sich zu einer regelrechten Plage. Mir reichen die wöchentlichen Anrufe meiner Eltern, die mich mal zu etwas mehr Wagemut ermutigen wollen. Ganz sicher werde ich hier und jetzt keine Dummheit machen. Ich zerre meine Tasche wieder zurück auf den Boden.

„Ich sag dir jetzt, was ich ach so Spontanes mache. Ich werde nach meinem Flug fragen, dann meine Eltern anrufen und mich bei ihnen ausheulen. Ist das für den Herrn okay?"

Langsam lässt er meine Tasche los und sieht mich enttäuscht an.

„Super."

Gott, das ist doch kein Grund, so traurig zu schauen. Ich will nur wissen, wann ich endlich nach Hause komme. Ich schätze, es sieht richtig scheiße aus, was die Chancen auf Weihnachten bei der Familie angeht. Lukas lässt nicht locker und greift wieder nach meiner Tasche. Das Lächeln ist in sein Gesicht zurückgekehrt. Es ist so ansteckend, dass sich meine Lippen ebenfalls verziehen.

„Soll ich dich zu den Telefonzellen fahren?"

Zuerst weigert er sich, dann lässt er den Gentleman raushängen – und jetzt will er mich nicht mal mehr in Ruhe lassen. Mein Herz macht einen kleinen Hüpfer, den ich ihm sofort untersagen will. Zu spät. Es springt und springt.

„Sehr gerne."

Wir hieven meine Tasche zu seiner auf den Wagen, wobei er mich überrascht ansieht.

„Wie lange verreist du?"

Er schüttelt verständnislos den Kopf, während er meine Tasche betrachtet. Ich könnte und sollte lügen. Vier Monate wäre als Erklärung für das Gewicht meiner Tasche realistisch. Die Wahrheit klingt anders.

„Vier Tage."

Lukas lacht und dreht den Gepäckwagen lässig um, damit ich darauf Platz nehmen kann.

Mit einer kleinen Verbeugung deutet er mir an, ich dürfte Platz nehmen. Und das tue ich auch. Auf zwei Reisetaschen sitzt es sich erstaunlich bequem. Jetzt habe ich nicht nur einen Gepäckwagen und eine Cola, sondern auch noch einen Chauffeur.

„Wohin soll es gehen, Miss Daisy?"

Sogar die Großfamilie beobachtet uns lächelnd, ich fühle mich plötzlich gut.

„Zu den Telefonzellen, Hoke."

Kapitel 3

Lukas, mein persönlicher Chauffeur oder Zivi, schiebt mich mit erhobenem Kopf und straffen Schultern an allen vorbei. Für diesen kurzen Moment fühle ich mich toll. Fast etwas verrückt und … ja, sogar wohl. Ich habe Mr. Spontaneität an meiner Seite und finde es klasse. Richtig klasse. Es ist das Highlight meines Tages. Meiner Woche. Sind wir doch mal ehrlich: es ist das Highlight dieses Monats. Denn außer dem täglichen Flirt-Spruch von meinem Bäcker („Einen schönen Tag noch, Hübsche.") passiert nicht viel in meinem Leben. Benny ignoriert meine E-Mails, in denen ich betont locker tue, um eine Antwort über den Verlauf seines Lebens als Verlobter dieser blöden Kuh zu bekommen. Auch meine SMS-Nachrichten, die ich immer mal wieder an ihn schicke, bleiben meist unbeantwortet. Ganz schlimm wird es an den Tagen, an denen ich vor seinem Haus rumstehe und darauf warte, ihn ganz zufällig zu treffen. Für diesen „Zufall" habe ich auch noch einige gute Themen rausgesucht, die ihn in ein Gespräch mit mir verwickeln sollen, und die amüsant wie auch intelligent zu gleichen Teilen sind. Er wird mich dann ins Innere bitten, weil es schon so kalt ist und mir einen Tee machen. Auf der Couch reden wir weiter, schwelgen in Erinnerungen an unsere gemeinsame Zeit. Eines führt zum anderen, wir fallen übereinander her, er trägt mich ins Schlafzimmer, wo wir uns leidenschaftlich lieben und er mir gesteht, dass der Fehltritt mit Theresa – die dummerweise jetzt seine Verlobte ist – ihn nicht glücklich macht und er ständig an mich denken muss. Nichts davon ist in den letzten Monaten passiert. Ich habe mich hinter einem Busch versteckt, als ich Benny und Theresa aus dem Auto habe steigen sehen. Ein blöder Köter hat mich angebellt, ich musste den Rückzug durch drei fremde Gärten antreten. Ohne leidenschaftlichen Sex und mit einem gebrochenen Herzen habe ich dann Unmengen an Schokolade in mich hineingestopft. Nein, die letzten Monate waren, auf gut Deutsch, scheiße. Ich werfe einen Blick über meine Schulter: Lukas, mein Chauffeur, ist der versöhnliche Abschluss eines echt fiesen Jahres.

Schlimm genug, verlassen zu werden – aber dann noch zu erfahren, dass mein Ex-Freund heiratet und die Frau, die jetzt seine wird (und mit der er mich sechs Monate lang betrogen hat) in wenigen Wochen auch noch Mama wird. Lukas ist vielleicht der verdiente Weihnachtsengel, der einige Wunden küssen soll. Das Lächeln auf meinem Gesicht wird breiter und breiter. Stop, da sind meine Ohren. STOP! Aber ich grinse noch immer. Und das nur, weil ich mir Lukas' Lippen auf meinen vorstelle ... Schlechte Idee. Ich spüre, wie mir die Hitze ins Gesicht steigt. Nein, ich werde rot und grinse wie ein Honigkuchenpferd. Etwas weniger verräterisch hätte es auch getan. Muss ja wirklich nicht jeder hier wissen, dass ich gerade schmutzige Fantasien über meinen Chauffeur hinter mir habe.

Er bremst direkt vor einer freien Telefonzelle ab, ich rutsche möglichst elegant von dem Wagen. Er öffnet mir die Tür zur kleinen Kabine und erinnert dabei an einen englischen Butler. Die Brille passt hervorragend zu seiner charmanten Art, die sich in den letzten paar Minuten in den Vordergrund gedrängt hat.

„Aber du kommst nicht mit rein."

„Oh, natürlich nicht. Ich werde hier warten. Mit den Taschen."

„Hältst du meine Cola. Aber nicht daraus trinken. Das finde ich nämlich total widerlich."

„Ja, total. Klar, Miss Daisy."

Ich verschwinde im Inneren und spüre, wie er in meinem Rücken die Tür schließt. Komisch, der gesamte Menschenauflauf hat sich in Luft aufgelöst. Vermutlich ist der Handyempfang schlagartig besser geworden oder sie haben aufgegeben. Außer mir sucht nur ein alter Mann passendes Kleingeld. Wie enttäuscht er sein wird, wenn er feststellt, dass nur eine Telefonkarte durch den Schlitz passt. Die Wunder der Technik. Meine Finger tippen die Nummer, ohne dass ich ihnen dabei zusehe. Ich sehe noch immer zu Lukas. Er steht beim Wagen, direkt vor meiner Zelle, die Cola in der Hand, die andere in der Hosentasche. Ein bisschen sieht er aus wie mein Bodyguard.

„Wunsch?"

„Papa? Hier ist Pippa."

Ich hoffe, er erinnert sich – anders als meine Mutter – an seine Tochter, die im weit entfernten Freiburg wohnt und eigentlich auf dem Weg zu ihnen sein sollte.

„Hey, Kleines, wann kommst du denn endlich?"

Juhu! Mein Vater hat mich im Weihnachtsstress also nicht vergessen. Gott sei Dank!

„Ich habe noch keinen Flug. Es schneit wieder. Ich glaube nicht, dass ich es noch schaffen werde."

„Es gehen gar keine Flieger mehr raus? Nichts?"

„Nichts in Richtung Berlin. Tut mir leid."

„Och ... das ist schade. Dein Bruder und Nina werden enttäuscht sein."

„Nina?"

„Deine Schwägerin."

Ach so. Stimmt. Sie hat ja auch einen anderen Namen, außer *das Tier*. Da ich sie aber selten (nie!) mit ihrem Geburtsnamen anspreche, entfällt er mir von Zeit zu Zeit.

„Ja. Stimmt. Schade."

Ich kann nicht anders und tue so, als ob ich mich übergeben müsste. Lukas grinst und hebt die Colaflasche zum Toast. Jetzt lächle ich auch. Er hat echt tolle Augen. Blau – und wenn er lacht, dann funkeln sie ein bisschen. Wie Sterne, die auf den Wellen im Meer tanzen. So stelle ich es mir zumindest vor, denn ich war noch nie am Meer. Aber pssst! Nicht Lukas sagen!

„Bist du noch dran?"

„Ja Papa. Ich bin da."

„Mir ist nicht wohl bei dem Gedanken, dass du alleine in diesem Flughafen bist, Kleines."

„Ich bin nicht alleine."

„Wie bitte?"

Ich habe ganz vergessen, dass ich mit meinem Vater spreche. Mit dem Mann, der mein erstes Date quer durch unseren Garten gejagt hat, weil der Kerl der Meinung war, dass Gary Moore kein guter Sänger und Gitarrist ist. Meinem ersten festen Freund hat er so große Angst gemacht, dass ganze vier Wochen vergingen, bis wir uns zum ersten Mal küssten. Ich mag eine erwachsene Frau sein, aber für meinen Vater bin und bleibe ich sein „Kleines". Und sein Kleines verbringt keine Nacht an einem Flughafen mit einem fremden Mann. Wenn er jetzt erfahren würde, dass ich mich mit einem Kerl eingelassen habe, der meine Colaflasche geöffnet hat und mich samt meinem Gepäck durch die Gegend schiebt – dann würde er ins Auto steigen und auf Schneeketten von Berlin bis nach Stuttgart fahren, um mich ins Auto zu schleifen und sich Lukas zur Brust zu nehmen. Dann würde er ihn fragen, für wen er sich halten würde, was er denn für Absichten mit mir hätte, wo sein polizeiliches Führungszeugnis wäre und ob seine Brille nur Fensterglasgläser hätte ...

„Was soll das heißen: Du bist nicht alleine?"

Ich hasse es, meine Eltern anzulügen. Ich kann ja nicht mal meinen Chef anflunkern, wenn ich mir einen zusätzlichen freien Tag erschleichen will. Ich bin zu gnadenloser Ehrlichkeit verdammt. Lukas steht noch immer vor der Telefonzelle, wie ein treuer Hund, den man beim Supermarkt nicht draußen anleinen muss, weil er ohnehin auf das Herrchen wartet.

„Eine Kollegin ist auch da. Uschi."

„Welche Uschi?"

Mein Vater ist zum Glück nicht besonders gut darin, sich Namen meiner Kollegen zu merken. Wir sind schon froh, wenn er alle Onkel und Tanten richtig benennt.

„Uschi, meine Kollegin von der Arbeit. Papa, ich habe dir oft von ihr erzählt."

Uschi und ich gehen vielleicht mal zusammen in die Mittagspause, aber wieso sie jetzt hier mit mir sitzen sollte, wüßte ich spontan auch nicht. Ich bete, dass mein Vater nicht nachfragt, sonst müsste ich mich in noch mehr alberne Lügen verstricken.

„Was ist mit deinem Handy? Können wir dich erreichen?"

Ich sehe kurz zu Lukas, der so tut, als würde er von meiner Cola trinken. Dann spielt er den Überraschten und lächelt spitzbübisch. Ich hebe nur mahnend den Finger und er nickt, bevor er kurz salutiert. Ich kenne diesen Mann nicht. Ich weiß eigentlich gar nichts über ihn und doch reicht sein bloßer Anblick, um mir ein Lächeln ins Gesicht zu zaubern. Dabei weiß ich ganz genau, es wird nicht gut enden. Es endet nie gut. Die Fakten sprechen für sich. Freiburg vs. Hamburg. Spontaneität vs. mich.

„Kaum Empfang."

„Ich will, dass du dir ein Hotel suchst. Jetzt gleich. Wenn du ein Zimmer hast, dann rufst du uns wieder an. Ich will nicht, dass du Heiligabend am kalten Flughafen feierst. Verstanden?"

Ich bin wieder sechzehn und höre auf das, was mein Vater mir sagt. Ich weiß genau, er hat Recht. Wenn ich wirklich keinen Flieger mehr bekomme, dann sitze ich hier die ganze Nacht fest. Und ich bin jetzt schon komplett fertig und müde. Wie soll ich mich denn auf dem Fußboden erholen?

„Ja, okay."

„Du meldest dich?"

„Ja, Grüße an Mama und ..."

Wie heißt sie doch gleich? Sag jetzt bloß nichts falsches, Pippa!

„Ich grüße alle von dir."

Kaum habe ich den Hörer aufgelegt, klopft Lukas gegen die Scheibe. Ich schiebe die Tür einen Spalt auf.

„Ja?“

„Du hast aufgelegt, ich dachte wir gehen ...“

„Aha.“

„Und ich muss dir etwas beichten.“

Dum dum dum di dum ... So oder so ähnlich klingt mein Herz gerade. Unsere Gesichter sind sich erstaunlich nah gekommen, er lehnt sich näher an den Spalt, damit ich ihn besser verstehe.

„Ich habe deine Cola leer getrunken.“

Entschuldigend hält er eine leere Glasflasche gegen die Glastür. Ich sehe ihn an und will ihn küssen. Er lächelt mich an und nickt dann zum Gepäckwagen.

„Lass uns gehen.“

Er nickt Richtung Kiosk und hebt den Daumen in die Luft. Wieso ist mir bisher nicht in den Sinn gekommen, dass er vielleicht eine Freundin hat. Kinder. Was, wenn er gar keine Lust hat, noch mehr Zeit mit mir zu verbringen? Und was, wenn er morgen früh weg ist. Oder ich morgen früh weg bin. Wozu dann das Ganze? Ich trete aus der Kabine und muss mich aus der Komfortzone der Telefonzelle einer anderen Realität stellen. Lukas zieht den Gepäckwagen wieder zu uns. Ich darf mich unter keinen Umständen in ihn verlieben.

„Bevor wir spontan werden, muss ich checken ob noch ein Flieger nach Hamburg rausgeht."

„Deine Freundin wartet bestimmt schon."

Zugegeben, ich würde es lieber jetzt erfahren, als morgen mit einem gebrochenen Herzen. Allerdings hätte ich auch die weniger plumpe Art wählen können. Er sieht mich von der Seite an und schüttelt den Kopf.

„Nein, aber meine Eltern."

Er weiß natürlich, wieso ich so doof gefragt habe. Ich bin erleichtert. Nur! Nicht! Verlieben!

„Und dein Freund hat nichts dagegen ..."

„Bin Single."

Das hätte gerne weniger euphorisch klingen sollen, Frau Wunsch. Aber er lächelt mich an. Okay, die Fronten sind geklärt. Wir sind beide Singles. Und beide hier. Aber was, wenn sein Flieger jetzt doch noch rausgeht? Was, wenn er jetzt nach Hause kann? Ich werde langsamer, während wir in Richtung Information gehen. Kennen Sie dieses Gefühl, sich endlich dazu überwunden zu haben, den Kerl an der Theke anzusprechen? Sie stehen auf, gewillt alles zu geben – und dann ist er schon weg oder will gerade zahlen? So fühle ich mich. Was bleibt mir dann? Wieder meinen Ex-Freund zurückzugewinnen? Das hat in den vergangenen Monaten ja wirklich zauberhaft funktioniert. Ich habe jetzt keine Chance, Lukas besser kennen zu lernen, wenn dieser verdammte Flug noch nach Hamburg geht. Vermutlich ist ihm die ganze bizarre Geschichte nicht mal bewusst. Ich erlebe hier etwas, das ich vor inzwischen vier Jahren zum letzten Mal erlebt habe. Aber wer ist dieser Lukas überhaupt? Ich kenne nicht mal seinen Nachnamen und verliere mich hier in Erinnerungen mit ihm, die ich noch nicht mal habe.

Jetzt entscheidet sich also, ob Lukas weggeht oder bleibt. Was passiert mit meiner Liste? Auch er verlangsamt seine Schritte, je näher wir der Information kommen.

„Würdest du Hamburg gerne mal sehen?"

„Na ja, es steht auf der Liste direkt hinter Paris, New York, Barcelona und Los Angeles, aber vor Rom. Ist das okay?"

„Kein schlechter Schnitt. Welche Städte hast du denn schon gesehen?"

Die Stunde der Wahrheit.

„Alle."

„Alle?"

Nicht so ganz.

„Ich arbeite mit Reiseführern. Es fühlt sich so an, als hätte ich schon alle gesehen."

„Und wo warst du schon so richtig?"

„Berlin. London. Freiburg. Stuttgart."

Was für eine jämmerliche Liste. Kein Wunder, dass er mich aus großen Augen ansieht. Wir sind inzwischen stehen geblieben.

„Aber ..."

„Ich weiß."

Egal was er sagen will, ich habe es schon gehört. Standpauken über Standpauken. Motivationsansprachen, Ermutigungen. Alles schon da gewesen. Um nicht wieder in eine solche Situation zu kommen, deute ich auf den Schalter vor uns, der gerade frei geworden ist. Nur widerwillig macht er einen Schritt nach vorne und lässt mich und den Gepäckwagen zurück.

„Verzeihung, ich würde gerne wissen, wie es mit den Flügen nach Hamburg aussieht."

Die junge Frau hinter der Theke sieht uns einen kurzen Moment nachdenklich an, als würde sie es spannend machen wollen. Ich würde sie gerne erdrosseln, bevor sie den Mund aufmacht und mir mein Weihnachtsgeschenk wegnehmen kann. Ich hoffe inzwischen sogar, dass er bleiben muss, weil es schneit und schneit. Oh Bing Crosby, ich liebe dich und werde sofort eine Facebook-Seite dir zu Ehren erstellen.

„Hamburg? Da gibt es einen Flug ... vermutlich müssen Sie umbuchen, es sind noch wenige Plätze frei."

Lukas sieht mich an. Ich versuche, cool zu wirken. So, als ob es mir völlig egal wäre. Als wäre in China ein Sack Reis umgefallen. Mir doch egal, ist alles total cool.

Herrgott nochmal, er kann jetzt nicht wegfliegen! Ich habe mir jetzt schon ein schönes Weihnachtsfest ausgemalt. Er darf nicht fliegen! Bitte!

„Wann geht der Flug denn?"

„In einer Stunde. Wollen Sie beide jetzt umbuchen?"

Sie wirft einen Blick knapp an seiner Schulter vorbei zu mir und schaut mich mit einem standardisierten Lächeln an. Glaubt sie etwa, ich wäre seine Freundin? Das wäre natürlich die Lösung. Ich fliege nach Hamburg, mit ihm und von dort dann nach Berlin. Bin ich von allen guten Geistern verlassen? Kann das denn sein? Nein. Ich schüttele also kurz den Kopf, während Lukas sein Ticket der Frau gibt und mich dann wieder ansieht. Das Lächeln sieht nicht ganz so glücklich aus.

„Ich komme nach Hause."

„Ja. Wie *E.T.* – der hat es dann ja auch geschafft. Happy End."

Klingt das so bitter, wie ich mich fühle? Würde mich nicht stören, wenn es so sein sollte. Ein bisschen Tragik fehlt gerade noch in meinem Leben. Außerdem lässt *E.T.* den kleinen Elliott auch alleine zurück, und so ein echtes Happy End ist es auch gar nicht, weil Elliott nämlich ganz viel weint. Und ich weiß schon, wer auch weinen wird. Es wird auch nicht *E.T.* sein, der zu seiner Familie nach Hamburg fliegt.

„So, bitte sehr, Ihr Ticket. Ich wünsche Ihnen einen guten Flug."

Flirtet diese Schnecke jetzt etwa mit Lukas? Jetzt, da sie weiß, dass ich nicht mit ihm nach Hamburg fliege und wohl nicht seine Freundin bin? Ich könnte mich übergeben. Direkt auf ihre schicke Uniform.

„Und was kann ich für Sie tun?"

Bei mir klingt das alles dann nicht mehr ganz so höflich. Ich bin mir sicher, dass sie das nicht wirklich wissen will. Was sie für mich tun kann? Lukas hier lassen! Ich hebe nur die Hand und murmele etwas von wegen „Kein Bedarf". Dann marschiere ich energisch weg, dicht gefolgt von Lukas.

„Bist du sauer, weil ich fliege?"

„Was? Nein ... das wäre ja ... Ach, Unsinn ... Wieso? Kann mir doch egal sein."

Jetzt sieht er aus wie ein geschlagener Hund. Nicht wie ein Kampfhund, sondern wie einer dieser Taschenhunde, die einen ansehen, als wollten sie sagen: „Wir haben kein Zuhause. Nimm uns mit." Ich muss kurz an meine Kindheit denken, als im TV die Werbung für die Knuddel-Hunde, die *Wauzis*, lief. Sie wurden in diesen hässlichen Kartons verkauft, die tatsächlich aussahen wie ein Zwinger. Und sobald man die Eltern überredet hatte, so ein Hündchen zu kaufen (das dauerte bei dieser tränenreichen Werbung nie besonders lange), riss man den Karton auf und fühlte sich wie ein aktives Mitglied von Greenpeace. Zurück zu Lukas.

„Ich meine ... nicht, dass es mir egal ist ... Ich wollte nur ... Ach, ich freu mich für dich und deine Familie. Ehrlich."

Ich bin ein guter Mensch. Ich freue mich wirklich. Wieso klinge ich dann jetzt auch so traurig, als würde ich gleich losweinen?

„Aber du bleibst dann hier ... alleine? Kann ich das verantworten?“

„Ach, ich bin doch schon groß.“

Ich simuliere eine Geste, in der ich meistens Arnold Schwarzenegger oder Ralf Möller (oder beide?) gesehen habe. Irgendwas zwischen Bodybuilder und Totalversager. Lukas lächelt. Traurig, aber er lächelt. Vielleicht überlegt er es sich ja doch noch mal anders und bleibt hier. Bei mir.

„Ich lasse dir natürlich den Gepäckwagen da. Ist ja Ehrensache.“

„Ein Gentleman.“

Ich wollte diesen Gepäckwagen so dringend haben – jetzt würde ich ihn sofort zurückgeben, wenn ich Lukas dafür behalten dürfte.

„Ich fand es toll dich kennen gelernt zu haben.“

Ich nicke tapfer.

„Aber ich schulde dir noch eine Cola. Und ich begleiche meine Schulden immer.“

Soll mich das aufbauen? Soll es. Okay, er begleicht seine Schulden. Aber das sagt er vermutlich zu jedem Mädchen, welches er am Flughafen kennen lernt. Zuerst einen auf Softie machen und dann abhauen. Typisch Mann. Ich erinnere mich an den ersten echten und heftigen Streit mit Benny. Er war bei mir in Freiburg; statt sich dem Streit und mir zu stellen, hat er sein Zeug gepackt und ist abgehauen. Eine Stunde später stand er dann mit einer Packung Ben & Jerry-Eis wieder vor meiner Tür. Das muss Liebe sein, finden Sie nicht? Aber natürlich ist mir jetzt klar, dass Benny inzwischen für Theresa Eis holt. Mir könnte Lukas Eis holen. Was er aber nicht tun wird. Er wird nach Hamburg fliegen, was ich noch immer ein bisschen bedauere. Ich würde so gerne mal seine Haare sehen, die er noch immer unter diesem schwarzen Hut versteckt. Ich greife nach seinem Hut und ziehe ihn einfach vom Kopf. Er lässt es mich tun, ohne zu fragen oder sich zu beschweren. Sie sind nicht so kurz, wie ich gedacht habe. Im Nacken werden sie lockig und jetzt rutscht ihm eine Haarsträhne ins Gesicht, die er mit einer geübten Handbewegung wieder aus seiner Sichtbahn schiebt.

„Durchgefallen?"

„Was?"

„Die Frisur. Ist sie durchgefallen?"

Ich schüttele den Kopf.

„Ganz im Gegenteil."

Zufrieden setzt er sich den Hut wieder auf und sieht mich dann ernst an.

„Also, wenn ich deine Telefonnummer haben könnte, dann werde ich dich auch mal anrufen. Du telefonierst doch so gerne.“

Es mag nur ein kleiner Strohhalm sein, aber ich bin gewillt, mich mit meinem ganzen Kampfgewicht (55 Kilogramm bei einer Größe von knapp 1 Meter 60) an ihn zu klammern. Vielleicht ruft er ja wirklich mal an. Mitten in der Nacht, weil ich ihm fehle? Unsinn. Solche Dinge passieren nicht im echten Leben. In Romanen oder Filmen, aber nicht in Pippa Wunschs Leben. Was mich verwirrt, ist die Tatsache, dass er mir sein Buch mit dem Titel *Herr der Ringe* reicht. Zusammen mit seinem Kuli, den er aus der gleichen Tasche zieht wie das Feuerzeug vorhin. Das Buch sieht gebraucht aus, vielleicht weil er es immer und immer wieder gelesen hat. Bei meinem Glück vergisst er das Buch im Flugzeug. Aber dann könnte er noch immer über das Radio eine groß angelegte Suchaktion starten. *„Wenn du an Weihnachten am Flughafen in Stuttgart warst, ungeschickt und witzig bist, Pippa heißt und aus Freiburg kommst, dann melde dich bitte bei Lukas!“* Mein Gott, das wäre romantisch. Und vollkommen unrealistisch. Also schreibe ich ihm meine Handynummer schnell auf die erste Seite und reiche ihm sein Buch zurück.

„Danke."

Ich will seine Nummer nicht, weil ich dann versucht bin, ihn anzurufen – was ich aber nicht will. Ich will warten, bis er sich bei mir meldet. Mit schüchterner Stimme. Erst als er seine Tasche vom Wagen hebt und sie über die Schulter wirft, weiß ich, dass es Zeit ist für die Verabschiedung. Zugegeben, ich habe zu oft Barbara-Streisand-Filme gesehen. *So wie wir waren* ist ein ganz spezieller Fall. Sie und Robert Redford (ein Traummann) stehen sich gegenüber, und sie streicht ihm ein letztes Mal die Haare aus der Stirn. So würde ich es bei Lukas auch machen. Wenn ich die Streisand und er Robert Redford wäre. Und wenn er diesen Hut, den er zu lieben scheint, nicht tragen würde. Mich würde man aber vermutlich eher mit Sarah Jessica Parker besetzen. Ich liebe die Serie *Sex and the City*. Wann immer Carrie mal wieder einen ihrer verrückten Ausbrüche hat, drehen sich meine Freunde zu mir und sagen: „Hey, die ist ja wie du!" Na, immer noch besser, als würden sie mich mit der überaus schrulligen Calista Flockhart aus *Ally McBeal* besetzen. Und Lukas? Jake Gyllenhaal.

„Ich muss dann langsam los."

Mein Jake Gyllenhaal muss los. Jetzt. Ihm scheint der Abschied wesentlich leichter zu fallen als mir. Für einen kurzen Moment bin ich versucht, in Tränen auszubrechen und seine weitere Anwesenheit zu erbitten ... Nur einmal im Leben möchte ich einen guten Auftritt haben. Das wird aber vermutlich noch auf sich warten lassen. Ich reiche ihm die Hand und bin überrascht, als er die Tasche wieder abstellt und mich umarmt. Was bisher nur Schwärmerei war, Träumerei und zu viel Erinnerung an Julia-Roberts-Filme, das ändert sich in genau diesem Moment. Ich spüre den Kord an meiner Wange, rieche wie er riecht (Cool Water ist die beste Erfindung seit dem Auto und der DVD) und weiß, dass seine Bartstoppeln an meiner Wange kratzen. Auf eine unglaublich erotische Art und Weise. Ich will ihn nicht wirklich loslassen und er mich offensichtlich auch nicht. Wir stehen einige Minuten so da.

„Du bist die mit Abstand witzigste und gleichzeitig schrulligste Person, die ich in diesem Jahr kennen gelernt habe. Das finde ich ausgesprochen schön. Ganz ehrlich."

Das ist vielleicht nicht das erste Kompliment, das jemandem einfällt, der eine Frau wie

Scarlett Johansson sieht, aber es ist ein Kompliment. Er lässt mich langsam los und obwohl ich es nicht will, lassen auch meine Arme ihn los. Ich habe aber keine Kontrolle mehr über meine Bewegungen oder Gedanken. Alles woran ich denken kann, ist diese herrliche Mischung aus Cool Water und Lenor.

„Also *E.T.* – dann komm gut nach Hause."

Mit einem Witz kann man Tränen noch am besten zurückhalten, oder? Er drückt seinen Zeigefinger an meine Stirn, ganz wie *E.T.* in der Schluss-Szene des Films und krächzt mit verstellter Stimme, ganz wie der kleine, schrumpelige Außerirdische: *„Ich bin immer bei dir."*

Es ist erschreckend zu sehen, wie viele Menschen Filmzitate aus dem Effeff beherrschen.

Ich mag ein Filmfreak sein, weil ich eine DVD-Sammlung habe, die einer gut ausgestatteten Videothek gleicht. Aber Lukas hier ist und bleibt mein Lieblingsnerd.

„Ich werde mich spontan bei dir melden."

„Ich bin gespannt."

Er geht rückwärts, als wolle er noch was sagen, aber er tut es nicht. Ich habe also seinen Gepäckwagen, keine Cola und keinen Lukas mehr. Aber, das sollte man nicht verachten, die blöde Kuh von der Information hat unsere Umarmung gesehen. Sie sieht noch immer zu mir und Lukas. Ich lächele nicht mehr ganz so traurig und hoffe wirklich, dass er mich anruft. Wenn nicht, werde ich eben eine Radio-Aktion starten. Er dreht sich um, nachdem er mir noch ein Lächeln geschenkt hat. Und dann bin ich alleine. Ich sollte meine Eltern anrufen. Ich sollte ihnen alles erzählen, mich in den Zug setzen und nach Hause fahren. Aber ich genieße meinen Schmerz. Sobald ich einen Platz gefunden habe, an dem es sich gut leiden lässt, werde ich leiden. Vielleicht kaufe ich mir auch eine Tafel Schokolade und eine Bravo. Wenn ich leide, dann werde ich wirklich kindisch. Also, noch mehr als ohnehin schon. Wie kann man jemanden vermissen, den man gerade erst kennen gelernt hat? Dieses Jahr endet also doch nicht so gut, wie ich angenommen habe.

Kapitel 4

Diese Großfamilie ist wirklich der absolute Hammer und ich beneide sie ein bisschen. Sie kommt mir vor wie eine Pandabärenfamilie. Sie sitzen oder liegen ganz nah beieinander, haben aus Jacken Decken gemacht, aus Taschen Kopfkissen – und essen noch immer. Ich hingegen habe jetzt einen Mars-Riegel und die JOY. Die Bravo war leider von letzter Woche, und da ich mich letzter Woche schon mal mies gefühlt habe, na ja ... kenne ich sie schon. Ich lese also wieder einen dämlichen Artikel über die Darsteller von *Twilight* und ihr verkorkstes Liebesleben. Hinter meiner linken Schulter taucht das älteste Mädchen der Familie auf und liest mit. Einfach so. Sie sollte ihre Eltern anflehen, ihr auch diese Zeitschrift zu kaufen, denn ich hasse es, wenn Menschen mir etwas weglesen. Ich sehe die Buchstaben förmlich. Ich bin kurz davor, straffällig zu werden.

„Willst du diese Zeitschrift vielleicht haben?“

Ich klinge viel ruhiger als ich mich fühle. Als das Mädchen schüchtern nickt, gebe ich sie ihr einfach – ohne den Artikel zu Ende gelesen zu haben.

Jetzt habe ich meine Ruhe, aber keine Unterhaltung mehr. Soll ich mich jetzt besser fühlen? Ich setze mir meine Kopfhörer auf und suche ein Lied aus der Sammlung auf meinem iPod, das zu meinem momentanen Gefühlsleben passt. Ich entscheide mich für einen Song von Philipp Poisel. Obwohl ich mich auf den Text und Philipps Stimme konzentrieren will, ist mir nicht entgangen, dass der letzte Aufruf für den Flug nach Hamburg schon ausgerufen wurde. Also sitzt Lukas jetzt im Flieger, in einem der wenigen, die diese Stadt noch verlassen. Und ich sitze hier und frage mich, wie ich das jemals meinen Eltern erklären soll. Es ist das schlimmste Weihnachten, das ich jemals „gefeiert" habe. Vielleicht abgesehen von dem Jahr, als unser Tannenbaum gebrannt hat und das Wasser in meinem Goldfischglas als Feuerlöscher herhalten musste. Aber das ist lange her. Gut, letztes Jahr war auch nicht der Knaller. Aber dieses Jahr, alleine und verlassen am Flughafen – dieses Jahr stellt alles in den Schatten.

„Sie haben eine Cola bestellt?"

Ich sehe etwas überrascht zu dem Kellner, der aus dem Café hinter mir gekommen ist. Er trägt ein weißes Hemd, eine schwarze Weste und ein rotes Namensschild, das seinen Namen, Robert, verrät. Inzwischen gäbe es im Café genug freie Plätze, aber ich will heute mit niemanden mehr reden und ganz sicher habe ich keine Cola bestellt.

„Ähm ... nein ... das habe ich nicht."

Es sei denn, er empfängt telepathisch Bestellungen, aber dann wäre er nicht hier, sondern beim Supertalent oder einem ähnlichen TV-Format. Ist nicht so, dass ich sie nicht trinken würde, aber ich habe sie nicht bestellt. Daran könnte ich mich doch noch erinnern, oder hat mich die Winterdemenz wirklich schon so stark befallen? Der Kellner ist ein pickliger junger Kerl, der mit diesem Job vermutlich sein Studium finanziert und an Weihnachten auch andere Pläne haben sollte. Vermutlich ebenfalls Single. Der Arme, ich weiß wie er sich fühlt. Es tut mir Leid, ihn wieder wegzuschicken, aber ich leide besser ohne Cola.

„Nun, der Mann da drüben hat gesagt ..."

Nur langsam folge ich mit dem Blick seinem ausgestreckten Finger – und meine, die Sekunden würden zu Stunden. Aber da sehe ich ihn!

Der Hut, die Jacke, die Taschen und die blauen Augen. Unverändert. Lukas. Sein Flieger soll doch jede Minute starten! Was zum Henker macht er dann noch hier?

„Ja dann ... danke!"

Ich nehme die Cola und warte, bis der Kellner weg ist. Lukas steht mit seiner Tasche noch immer am Eingang zum Café. Obwohl Philipp Poisel mich gerade fragt, wo mein Himmel anfängt, nehme ich die Kopfhörer ab und hoffe, dass er nicht meine Frisur ruiniert hat. Will Lukas denn nicht rüberkommen? Ist es womöglich nur ein Pappaufsteller, den er mir zum Trost hat anfertigen lassen? Nein, er setzt sich in Bewegung, kommt auf mich zu ... Und dann liegt seine Tasche auch schon wieder auf unserem Wagen.

„Hi."

„Hallo."

So fangen die besten Unterhaltungen an, habe ich mir sagen lassen.

„Ich konnte nicht in den Flieger steigen. Die Vorstellung, dass du hier alleine mit einem Gepäckwagen sitzt ...."

„Mr. Spontaneität, ja?"

Er nickt und lächelt.

„Du hast gerade das Drehbuch zu *E.T.* umgeschrieben, das ist dir schon klar."

Er zuckt nur lässig die Schultern.

„Damit kann ich leben."

„Du bist allerdings völlig umsonst zurückgekommen. Mein Flieger nach Berlin geht in einer halben Stunde."

Sein Mund steht offen, seine Augen starren mich an, und er wirkt vollkommen aus der Bahn geworfen und enttäuscht. Er versucht natürlich, weiterhin unheimlich männlich auszusehen. Er ist wie Clint Eastwood in *Die Brücken am Fluss*, als er Meryl Streep heimlich Blumen pflückt und sie ihr schenken will. Sie behauptet allerdings, die Blumen wären giftig. Eastwood lässt sie daraufhin einfach fallen und starrt sie an. So wie Lukas mich jetzt anstarrt. Meryl fängt dann tierisch an zu lachen und Clint würde im Erdboden versinken, wenn er nur könnte. Abgesehen davon, dass ich weniger Oscar-Nominierungen habe, könnte ich jetzt aber Mrs. Streep sein, denn ich fange zu lachen an und Lukas sieht mich verdutzt an.

„Das war nur ein Witz."

Das war vielleicht zu viel, aber ich musste sichergehen. Ich wollte wissen, wie er sich fühlt, wenn ich verschwinde. Ich wollte wissen, ob er enttäuscht wäre. Ob es ihm was ausmachen würde, wenn ich einfach so aus seinem Leben verschwinde. Sein Gesicht entspannt sich, er ist mir nicht böse, nickt und grinst. Das habe ich vermisst. Gut, dass er zurückgekommen ist. Ich fühle mich wie Julia Roberts, als sie ihren verdienten Oscar für *Erin Brockovich* bekommen hat.

„Somit sind wir hier gestrandet."

„Noch. Aber wenn ich mich nicht irre, dann wolltest du was Spontanes machen."

Er hebt abwehrend die Hände.

„Hey, ich habe meinen Teil schon eingehalten. Was glaubst du, wie bescheuert die Frau geguckt hat, als ich auf den letzten Metern kehrtgemacht habe?"

Das kann ich mir vorstellen: Gefühle fuhren Karussell in seinem Kopf, er wusste nicht, ob links oder rechts der richtige Weg war. Und alles woran er denken konnte, das war ich. Ja. Besser als Redford und die Streisand. Viel besser. Oscarverdächtig. Frauen im Kino, sie haben schon geweint, aber dann macht der Kerl kehrt und landet wieder bei der Richtigen. Diese Geschichte gefällt mir bisher.

„Jetzt bist du dran, Pippa."

„Ich kenne mich in Stuttgart nicht gut genug aus, um was Verrücktes zu machen. Was erwartest du? Soll ich nackt durch den Flughafen rennen?"

„Verlockende Vorstellung. Aber du solltest nicht darüber nachdenken. Es soll ja spontan sein."

„Und bis dahin sitzen wir hier und spielen Buddha?"

Er setzt sich neben mich, einfach so, und wir sitzen plötzlich viel enger zusammen als zuvor. Unsere Arme berühren sich, unsere Beine, fast sogar unsere Schuhe.

„Erzähl mir etwas über dich."

Und dann nimmt er den Hut zum ersten Mal selber ab, fährt sich einmal schnell durch die Haare und lockert den Schal. Er macht es sich bequem. Hier, bei mir. Aber was kann ich denn schon so Unglaubliches erzählen? Vermutlich nichts. Wenn ich ihn also nicht mit meinem belanglosen Gerede ins Koma langweile, wird er sich früher oder später in ein Taxi schwingen und in eine aufregendere Zukunft fahren.

„Hm. Nun. Ich arbeite mit Reiseführern."

„Weil es dein Traum ist?"

„Weil es dem tatsächlichen Reisen sehr nahekommt."

Er scheint nicht überzeugt, aber ich muss ihn ablenken.

„Wieso Produktebeschreiber?“

„Weil es dem tatsächlichen Schreiben sehr nahekommt.“

Mist. Er ist gut. Ich würde sagen, wir spielen auf Augenhöhe. Er drückt sich um das Schreiben, ich mich um das Reisen. Wir sind ein tolles Team.

„Wieso reist du nicht?“

„Wieso schreibst du nicht?“

So kommen wir schon mal nicht weiter, das steht fest.

„Hast du schon die Welt gesehen?“

Er nickt und strahlt dabei. Mit dem Lächeln könnte er glatt Werbung für eine Weltreise machen.

„Rom hat mir gefallen. Im Sommer, als ich mit der Schule dort war. Budapest mit meinen Eltern, München auf eigene Faust ... Berlin mit drei Freunden und einem Sixpack. Freiburg mit meinen Großeltern.“

Dabei sieht er mich an. Freiburg.

„Das zählt jetzt aber nicht als Welt.“

„Okay, New York als Austauschschüler. Sydney als Backpacker, Thailand als Tourist,

Frankreich als verliebter Idiot und Portugal als Surfer."

„Aha. Haben Mami und Papi dir das Geld gegeben?"

„Mama und Papa sind geschieden. Lukas wollte aus der Schussbahn. Also ..."

„Bist du einmal um die Welt."

„Mama und Papa wären wohl ziemlich froh, wenn ihr kleiner Lukas zu Hause bleiben und endlich eine Familie gründen würde."

„Aber der kleine Lukas will viel lieber die Welt sehen?"

Er zuckt die Schultern.

„So langsam komme ich ins Alter, da wirkt es peinlich, wenn ich sage, dass ich lieber surfen will, als mit der Frau Hundewelpen auszusuchen."

Dann wirft er mir einen Blick zu, der mich aus allen Wolken schubsen will.

„Mit dir wäre das was anderes."

Solche Blicke kenne ich eigentlich nur aus Filmen wie *Remember me* oder *Zwei an einem Tag*. Schmachtende Blicke, flammende Liebe. Große Emotionen. Ich weiß in solchen Moment ehrlich gesagt nie, was besser wäre: ihn einfach küssen oder warten ob er es tut.

„Erzähl mir von dir, Lukas."

Es ist nur ein Flüstern, aber ich würde töten, um mehr über ihn zu erfahren. Zu wissen, wieso er nicht über den Wolken ist und nach Hamburg fliegt, sondern jetzt hier, ganz nah, neben mir sitzt. Er sieht wieder von meinem Augen, über meine Nase, zu meinen Lippen und ich hoffe, sie gefallen ihm. Ich habe so lange keinen Mann mehr geküsst, weil ich auf Benny und die Auferstehung seiner Gefühle für mich gewartet habe. Aber jetzt will ich wieder küssen. Und zwar Lukas.

Die nächste halbe Stunde verbringen wir damit, uns gegenseitig Fotos auf unseren Handys zu zeigen und Geschichten voneinander zu hören. Er erzählt mir von seinen Freunden, von Hendrik, mit dem er in einer WG wohnt, ganz in der Nähe der Alster. Dort gehen sie dann zusammen spazieren und reden über Männersachen, zum Beispiel über Frauen. Seine Freunde sehen nett aus, viele Fotos in verschiedenen Kneipen, Pubs und Bars, immer ist da dieses Leuchten in seinen Augen, wenn er lächelt. Er sieht sogar gut aus, wenn er betrunken in einem Bus sitzt. Er zeigt mir ein Foto von seinem VW-Käfer, auf den er besonders stolz ist, und von Hendriks Ex-Freundin Julia, die lustig aussieht. Ich kann sie mir sehr gut an Hendriks

Seite vorstellen. Sie scheinen auch beide ziemlich nett zu sein. Fotos von Ex-Freundinnen hat er keine auf seinem Smartphone – ein gutes Zeichen.

„Ich habe gedacht, du würdest Tobias heißen."

Keine Ahnung, wieso ich ihm das erzähle?! Immerhin sollte er das eigentlich nicht erfahren. Schließlich kann ich doch nicht erklären, was ich mir dabei so gedacht habe. Sein Blick wirkt nicht ganz so verwirrt, wie ich zunächst angenommen habe.

„Tobias? Das ist witzig. Ich dachte, du heißt Jolanda."

„Wie bitte?"

Wie kann ein Mensch nur so verrückte Gedanken haben. Jolanda? Das sollte ich ihm übel nehmen.

„Na ja, ich habe dich gesehen, als ich dich geschubst habe ... Ich dachte an Jolanda."

„Ich will schwer hoffen, das ist ein Witz!"

„Nein! Ich habe mir vorgestellt, du würdest dein Zimmer mit High School Musical-Postern vollkleben und dann zur Musik von *One Direction* tanzen!"

„Was? Hey! Hör mal ... Du kennst mich nicht und erfindest ein total verrücktes Leben, in dem ich aber keinen Platz habe und mich auch noch unwohl fühlen würde!"

„Welche Poster hängen denn bei dir?

„Star Wars."

Ja, ungelogen – *Star Wars.*

„Du bist ... du bist doch eine Frau."

„Wow, dass du das bemerkt hast."

Ja, ich kenne das. Entweder sie sagen: Du hörst nur *Take That.* Oder: Du schaust dir nur Liebesfilme an. Unsinn! Ich liebe *Star Wars*!

„Ich bin eben keine gewöhnliche Frau. *Star Wars* ist meine Religion. Es ist das beste Film-Epos aller Zeiten. Es ist die Geschichte über Helden, Liebe und großen Taten."

„Hast du noch nie was von *Herr der Ringe* gehört?"

An dieser Stelle lasse ich diese Notlüge gelten. Aber er durchschaut mich. Natürlich kenne ich dieses Buch, jeder kennt es.

„Nein."

„Das ist die Geschichte über Helden, Liebe und großen Taten. *Star Wars* ist nur ein billiger Abklatsch ..."

„Woha! Abklatsch? Vorsicht, mein Freund!"

Ich rücke ein Stück von ihm weg. Er greift etwas an, das mir wichtig ist, das ich liebe. Mehr als alle anderen Filme. Dieser Film hat mein Leben verändert. Und kein anderer Film kann mein Leben noch mal so verändern. Er verschränkt die Arme vor der Brust. Was wird das? Ein Duell der Nerds?

„Ich kenne diese *Star Wars*-Fans. Ich mag den Film auch – aber die Hobbits und die Elben! Streicher! Dieses Buch hat mich verändert. Ich habe mir den Film angesehen und der hat mich noch einmal verändert."

„Hobbits?"

Er sieht mich schief an und grinst. Hier prallen Welten aufeinander. Und dabei sind wir uns so ähnlich.

„Yoda?"

Wir versuchen, uns feindselig anzusehen, aber wir können es nicht besonders gut.

„Ich ziehe Mittelerde deiner Galaxie jeder Zeit vor."

„Ich will gar nicht zu deinen lockigen Zwergen mit den riesigen Latschen!"

„Das sind keine Zwerge, das sind Hobbits!"

Dann schmollt er und sieht dabei so entzückend aus, dass ich mir überlege, ob er nicht vielleicht der attraktivste Mann dieses Flughafens ist.

„Dann eben Hobbits."

Er nickt, als hätte er einen kleinen Triumph über mich errungen. Ich will nicht so sein und greife nach seiner Hand. Erst als ich seine Haut spüre und ein Zucken durch meinen Körper schießt, wird mir klar, was ich da gerade tue. In seinem Blick spiegelt sich Überraschung, aber seine Lippen verziehen sich zu einem Lächeln. Ich muss schnell etwas sagen, sonst steht die Geste einfach im Raum.

„Ich habe übrigens gesehen, dass weiter hinten ein großer Weihnachtsbaum aufgebaut ist."

Sein Blick lässt mich keine Sekunde los. Ich muss immer weiter reden, sonst kann ich für nichts mehr garantieren. Den Weihnachtsbaum mit der Lichterkette und den kitschigen roten Kugeln habe ich am heutigen Tag bestimmt schon zehn Mal passiert. Immerhin ist heute Weihnachten, da ist so ein beleuchteter Nadelbaum nicht besonders ungewöhnlich.

„Na, dann sollten wir mal los."

Manchmal ist mir seine Spontaneität doch zu viel. Wie ein Kind, das an ADHS leidet, muss er immer was Neues machen, als könne er kaum still sitzen. Aber für den Fall, dass wir nur heute Nacht haben, sollten wir daraus auch etwas unglaublich Schönes machen. Sitzen und träumen kann ich auch morgen noch. Aber jetzt mit ihm durch die Flughafenhalle zu fahren, das ist etwas, wovon ich in den kommenden Tagen sprechen und träumen werde. Obwohl Weihnachten nicht gerade als Highlight meines Jahres gilt, bin ich jetzt froh, diesen Tag hier mit ihm zu verbringen.

Während er mich auf unserem Gepäckwagen an allen anderen Gestrandeten vorbeischiebt, fühle ich mein Herz schlagen. Nur das. Alle anderen Körperfunktionen scheinen nebensächlich geworden zu sein. Sogar das Atmen. Wichtig ist nur, dass mein Herz schlägt, hüpft und tanzt. Er fährt mich bis in die erste Reihe an den Baum und setzt sich dann neben mich.

„Es ist Zeit für die Geschenke, oder?"

„Geschenke?"

„Wir sollten vielleicht sowas in der Art wie ‚Gestrandeten-Wichteln' spielen."

„Ich habe gar keine Geschenke für dich."

Aber das weiß er. Und natürlich hat auch er schon einen Plan, wie wir das beheben können: Mehr als zehn Euro darf es nicht kosten; es soll eine Überraschung sein und wir müssen es auch irgendwie in Geschenkpapier packen; in einer halben Stunde treffen wir uns dann am Duty-Free-Shop und kommen zurück zum Weihnachtsbaum. Er scheint nicht besonders viele Frauen zu kennen, denn dann wüßte er, dass eine halbe Stunde für Weihnachtsshoppen utopische Vorstellungen sind. Er könnte auch einen halben Tag ansetzen, es würde immer noch nicht ausreichen. Wie dem auch sei, ich gebe mich seiner Idee hin, weil ich sie unglaublich süß finde, es aber nicht zugeben will. Wir kennen uns beide kaum und müssen ein passendes Geschenk für den anderen in weniger als vierzig Minuten auf einem Flughafen auftreiben. Er behält den Gepäckwagen und ich renne sofort los, aus Angst, in der anberaumten Zeit kein vernünftiges Geschenk zu finden. Dabei will ich unbedingt das perfekte Geschenk für ihn auftreiben. Eine kleine, aber schöne Überraschung, etwas, das ihn für eine lange Zeit an uns und diesen Abend hier erinnern soll. Aber meistens gibt es eben nur Kitsch zu kaufen. Taschen, Tassen, T-Shirts und Kissen mit dem Aufdruck dieser Stadt. Die Teddybären, die sich alle ebenfalls als echte Stuttgarter zeigen, tragen passend zur Saison eine rote Mütze und kleine Handschuhe. Sicher, es würde jedes Kinderherz höher und schneller schlagen lassen, aber das ist nicht das Richtige wenn man das Herz eines Mannes wie Lukas für sich gewinnen will. Aber will ich das denn? Sollte ich nicht mal so spontan sein und sagen, dass ich nur einen heißen Flirt mit einem tollen Typen am Flughafen genossen habe? Ich werde ihn danach nie wieder sehen und mich nur noch an sein Gesicht erinnern. Ich könnte endlich so verrucht sein, wie viele meiner Freundinnen, die mir dieses Talent leider absprechen. Wo Lukas ein Geschenk für mich finden will, weiß ich nicht; aber mich zieht es zu den Büchern, Postkarten und Kleinkram. Kennen Sie das Gefühl, wenn Sie etwas suchen und alles total dämlich ist? Keine Jeans entspricht der Vorstellung in Ihrem Kopf, kein T-Shirt will Ihnen auch nur annähernd gefallen. Als ich es sehe, weiß ich sofort: das ist es! Das passiert mir beim Shoppen oft. Ich suche ein Shirt und kaufe einen Hut, in den ich mich sofort verliebt habe. Ich suche eine Hose und kaufe eine Tasche, von der ich meine, dass ich ohne sie nicht mehr leben kann. Als ich jetzt das perfekte Geschenk für Lukas finde, möchte ich am liebsten einen kleinen Freudentanz vollführen, aber es sind zu viele Menschen da und ich habe zu wenig Alkohol im Blut, um mir diese Peinlichkeit zu erlauben. Nur das kleine Fräulein in meinem Herzen, das steppt so wild wie die ganze Truppe um *Riverdance*.

Ich bezahle mehr als zehn Euro, weil ich noch eine Kleinigkeit als Bonus dazu lege und eine Frauenzeitschrift kaufe. Immerhin muss ich es auch noch einpacken und was bietet sich besser als Geschenkpapier an, als eine Ausgabe vom JOY-Magazin? Wenn es ihm nicht gefällt, werde ich mich einfach mit einem dümmlichen Witz aus der Affäre ziehen, damit er meine Enttäuschung in dem Fall nicht sehen muss.

Vor dem Duty-Free-Shop warte ich auf ihn, sein Geschenk liegt liebevoll eingepackt in meiner Tasche und der Stolz steht mir vermutlich ins Gesicht geschrieben. Dann sehe ich ihn mit dem Gepäckwagen um die Ecke kommen, ein Lächeln auf dem Gesicht, das es locker mit meinem aufnehmen kann. Direkt vor mir kommt der Wagen zum Stehen.

„Hast du mich vermisst?"

Die Wahrheit ist: ja tatsächlich – aber mein Kopf deutet etwas anderes an. Ich schüttele den Kopf und will mich sofort ohrfeigen. Wieso bin ich nicht einfach ehrlich?

„Gut, ich dich auch nicht."

Wir lügen beide und wir schämen uns nicht das zuzugeben. Wenn der Mund etwas sagt, muss der Körper nicht immer die gleichen Signale senden. Oft genug habe ich behauptet, es würde mir gut gehen, dabei konnte ich vor Schmerzen kaum stehen. Alle haben es gesehen und wollten mich nach Hause schicken, aber ich habe es satt gehabt, mich im Bett zu verstecken und zu weinen.

Lukas beobachtet eine attraktive Frau im Duty-Free-Shop hinter mir und schüttelt den Kopf. Ich folge seinem Blick zu einer blonden Dame, die in ihrem Kostüm sehr wichtig aussieht. Tagsüber muss sie eine wichtige Position in einer schicken Firma einnehmen. In meinen Jeans, den Ugg Boots und dem großmaschigen Schal sehe ich vermutlich nicht ganz so wichtig und durchgestylt aus.

„Völlig falsche Wahl."

„Wie meinen?"

„Das Parfüm. Es ist scheußlich."

Aber die Blondine sieht sehr begeistert aus.

„Der Text überzeugt sie vermutlich."

Tatsächlich liest sie die Beschreibung auf der Packung und entscheidet sich dann, das Produkt zu kaufen. Es dämmert mir.

„Der Text ist von dir."

Lukas nickt und zuckt die Schultern, als müsse er sich dafür entschuldigen.

„Die meisten Texte da drinnen sind von mir."

„Aber natürlich."

Männer! Immer müssen sie mehr aus dem machen, als es wirklich ist. Genervt verdrehe ich die Augen. Oft genug habe ich schon gehört: „Was Ronaldo und Messi mit dem Ball anstellen können, das kann ich auch." Echt? Wow! Wahnsinn. Kannst du auch acht Stunden in den Wehen liegen und dann ein 3500 Gramm schweres Lebewesen auf die Welt pressen? Nein? Egal, du kannst ja gegen einen Ball treten. Pfft. Männer!

Lukas nimmt meine Hand und zerrt mich ins Innere des Ladens.

„Komm schon. Ich beweise es dir!"

Er fordert mich auf, ein Produkt meiner Wahl zu nehmen. Es fehlt nur noch Markus Lanz – nein! Thomas Gottschalk, der sagte: *„Topp, die Wette gilt."* Aber ich will nicht so sein. Wahllos greife ich nach einem Produkt und drehe mich damit wieder zu Lukas, der diese Aufgabe sehr ernst zu nehmen scheint. Er sieht die kleine Flasche in meiner Hand nachdenklich an. Ich kann förmlich sehen, wie es hinter seinen schönen Augen rattert. Die Stirn in Falten gelegt, die Hand am Kinn, die Haare völlig außer Form geraten und dadurch nur noch attraktiver. Aber das sage ich ihm natürlich nicht.

„Lassen Sie sich von dem exotischen Duft afrikanischer Gewürze in eine fremde Nacht entführen, die Ihre Sinne betört und Ihnen lang anhaltende Frische verleiht."

Ich schüttele fassungslos den Kopf, während ich die Zeilen, die Lukas vor sich hin spricht, tatsächlich Wort für Wort auf der Packung in meiner Hand lese.

„Du solltest damit irgendwo auftreten."

Aber er schüttelt nur den Kopf und sieht sich weiter in dem Duty-Free-Shop um. Ich will wissen, wie gut er in seinem Job wirklich ist, also suche ich die Produkte aus und lasse mir von ihm den Text auf der Packung aufsagen. Bei vier von fünf Produkten lag er schon richtig. Nur einmal hat er sich geirrt und schuldet mir jetzt fünf Euro. Aber reich werde ich bei diesem Spiel nicht.

„Was ist mit dem da?"

Ich zeige auf eine Packung Rasierschaum, er nickt sofort.

„Schon während der Rasur wird die empfindliche Männerhaut geschont, Hautirritationen werden vermindert. Für das beste Gefühl. Ich benutze das übrigens auch."

Wieder stimmt der Text und ich gebe mich geschlagen. Er ist ohne Zweifel gut in seinem Job.

„Ich bin ehrlich beeindruckt. Sowas habe ich noch nie gesehen.“

Er zuckt nur die Schultern, als wäre es keine große Sache, die Produktbeschreibungen aller kaufbaren Dinge in diesem Laden auswendig rezitieren zu können.

„Das ist fast unheimlich.“

„Das ist mein Job.“

Es ist gar nicht mehr so übel, wie ich zu Beginn gedacht habe. Er ist nicht Hemingway, er ist wie ein MacGyver-Taschenmesser-Set. Große Unterhaltung. Wir schlendern weiter und kommen bei den Damendüften zum Stehen.

„Hier kenne ich mich leider gar nicht aus, tut mir leid.“

Aber er hat mich auch so schon zur Genüge beeindruckt. Eigentlich hat er das schon mit der Technik beim Öffnen der Flaschen. Aber das muss ich ihm ja nicht auf die Nase binden.

„Wenn du schreiben könntest, über was du willst – was wäre es?“

Ich drehe mich mit einem kleinen Probespender eines unverschämt teuren Parfüms zu ihm um.

„Ich weiß nicht. Ich denke auch nicht darüber nach."

Ich halte ihm den Spender wie eine Pistole vor die Brust.

„Dann denk jetzt darüber nach."

Er atmet genervt aus und sieht mich ernst an. Es scheint sein wunder Punkt zu sein, aber ich will unbedingt wissen, was für ein Schriftsteller er wäre, wenn er sich trauen würde. Ein großartiger, da bin ich mir bereits sicher.

„Ich denke, ich würde Komödien schreiben. Dinge aus dem Leben. Alltagsbegegnungen."

Während er das sagt, sieht er mich nicht an. Sein Blick wandert in die Ferne und was er dort sieht, kann ich nur erahnen. Aber er spricht weiter.

„Ich würde zuerst ein Online-Blog führen. Irgendwas witziges, was die Leute gerne lesen. Wenn das gut ankommt, dann würde ich Erlebnisse aufschreiben, die mir auf meinen Reisen passieren. Kurzgeschichten."

Dann erst sieht er wieder zu mir und ich lasse den Parfümspender langsam sinken. Ich kann mir das alles gut vorstellen und bin mir sicher, er wäre in nur wenigen Monaten ein absoluter Geheimtipp in der Branche.

Mit einer frechen Handbewegung nimmt er mir das Parfüm aus der Hand und richtet es auf mich.

„Wohin würdest du reisen, wenn du dich trauen könntest, Pippa?"

Ich will dieser Frage genauso gerne aus dem Weg gehen wie einem Besuch beim Zahnarzt, aber es wäre nicht fair. Er musste schließlich auch springen. Zu dumm, dass ich mir über eben genau diese Frage schon so präzise Gedanken gemacht habe.

„Paris. Ich würde auf alle Fälle sofort und als erstes nach Paris."

Ungewollt muss ich lächeln, weil in meinem Kopf die komplette Reise schon geplant ist. Alles steht schon, nur der Mut fehlt. Und das schon seit Jahren. Lukas schüttelt den Kopf.

„Wieso Paris?"

„Weil es nicht so weit weg ist und es dennoch so scheint, als ob es in einer anderen Welt liegen würde. Und weil jede Frau davon träumt."

Er nickt und sieht mich durchdringend an.

„Jetzt wäre ein toller Moment um zu fliegen, weißt du? Dort ist es schön an Weihnachten und so."

„Sehr teuer."

„Unsinn."

„Ich fliege nicht gerne."

„Dann fahr mit dem Zug."

„Lange Fahrt."

„Dafür brauchst du nur ein gutes Buch."

Ich nehme ihm den Parfümspender wieder weg und stelle ihn an seinen Platz zurück.

„Dann schreib mir eins."

„Wenn ich dir ein Buch schreibe, steigst du in den Zug und düst nach Paris?"

Ich zucke die Schultern. Vielleicht. Vermutlich nicht. Aber ich könnte mutig sein und nicken. Immerhin hat er es sehr deutlich gemacht, dass er nicht schreiben will. Er führt ja nicht mal ein Blog, das doch inzwischen jeder als kleines Hobby betreibt. Lukas wäre mein Lieblingsblogger, weil er lustig ist. Wenn er nur halb so lustig schreibt, wird das ein echter Erfolg.

„Abgemacht."

Er streckt mir die Hand entgegen und ich zögere für den Bruchteil einer Sekunde. Aber dann sehe ich ihn mit seinem Buch, das ihn zum gefeierten Nachwuchsautor macht, ihn auf der Frankfurter Buchmesse zu einem umjubelten Helden werden lässt; und ich sehe ihn, wie er grinsend in die Menge winkt. Auf die Frage, für wen er dieses Buch geschrieben hat, muss er dann antworten: „Für Pippa." Ich wäre dann für immer mit seinem Leben verbunden. Mein Herz tanzt bei dieser Vorstellung wie das Mitglied einer lateinamerikanischen Tanzformation vor sich hin. Fast will ich meine Füße im Takt meines Herzens über den Boden tanzen lassen, aber ich nehme einfach seine Hand an – und wieder passiert etwas. Aber ich konzentriere mich lieber auf sein Lächeln. Wir stehen einigen Damen im Weg, die sich wohl an diesem Tag noch schnell mit herrlichen Düften beschenken lassen wollen. Aber ich nehme kaum etwas wahr. Er legt seine Hand um meine Hüfte und zieht mich ein Stück näher an sich heran. Jetzt stehen wir nicht mehr im Weg, dafür aber so nah beieinander wie noch nie, seitdem er hier ist. Jetzt werde ich ihn küssen. Genau jetzt. Weil es keinen guten oder perfekten Moment für den perfekten Kuss gibt. Es gibt vielleicht gar keinen perfekten Kuss, aber wenn ich es jetzt nicht versuche, dann werde ich es auch nie erfahren. Ich beuge mich ein bisschen zu ihm und stelle mir vor, was für ein Soundtrack wohl just in diesem Moment gespielt werden sollte, wenn es sich um eine Filmszene handeln würde. Vielleicht etwas mit viel Geigen, dazu eine zauberhafte Stimme und eine sanfte Melodie.

Doch dann erreichen mich die Töne einer Art von Orchester, und ich will den Kopf schütteln. Nein, das ist etwas zu pompös, etwas zu viel, zu groß. Und außerdem ist diese Melodie schon vergeben. John Williams hat mit dieser genialen Anfangsmelodie von *Star Wars* ein grandioses Stück Musik geschrieben. Auch wenn ich sie liebe, in diesem Moment ist sie gänzlich unpassend. Dennoch dröhnt sie jetzt durch den Duty-Free-Shop und ich bemerke die Blicke der anderen Menschen. Lukas grinst.

„Deine Tasche klingelt."

Natürlich. *Star Wars.* Mein Handy. Verdammt! Danke, Mr. Williams. Ich wühle mich durch die Untiefen meiner Handtasche, bis ich mein Handy endlich zu fassen kriege.

„Hallo?"

„Pippa, ich bin es noch mal. Papa."

„Papa."

Obwohl ich fast dreißig Jahre alt bin und über 600 Kilometer von meinem Elternhaus getrennt, schafft es mein Vater noch immer, jeden Versuch zu durchkreuzen, einen Kerl näher kennen zu lernen. Das muss ein bestimmtes

Vater-Gen sein. Als könnte er mich oder Lukas sehen, trete ich einen kleinen Schritt zurück und bringe unbewußt Abstand zwischen uns. Ich verfluche still und heimlich das Wunderwerk der Technik und die Tatsache, dass ich scheinbar wieder vollen Empfang habe.

„Wir haben eine Überraschung für dich."

„Toll."

„Wir haben dir ein Zimmer im Hotel am Flughafen gebucht. Eines der letzten, aber du hast ein Zimmer. Es ist auf deinen Namen gebucht, also gönne dir eine warme Dusche und ein weiches Bett. Wir warten mit dem Essen auf dich. Morgen soll es ja schon nicht mehr ganz so übel aussehen."

Juhu.

„Danke!"

Mein Mund ist trocken. Ich will keine warme Dusche, zumindest nicht ohne Lukas, aber wie soll ich ihm oder meinem Vater das erklären?

„Frohe Weihnachten, Kleines."

„Euch auch."

Ich schiele zu Lukas, der an einigen Parfüms schnuppert und mit keinem der Düfte besonders zufrieden scheint.

„Ruf uns an, sobald du im Hotel bist ja?"

„Klaro."

Wir verabschieden uns und ich lege auf. Mir wird wohl nichts anderes übrig bleiben, als in ein Hotelzimmer zu ziehen. Ich kenne die Stimme meines Vaters. Wenn er um mich besorgt ist, dann kriegt er viel zu schnell Magenprobleme. Irgendwie ist bei ihm die Zahl 29 noch nicht so ganz angekommen – aber es rührt mich, dass er sich solche Sorgen um mich macht. Ich seufze und drehe mich zu Lukas, der hinter mir steht und schon zu ahnen scheint, dass der Abend anders verlaufen wird, als ursprünglich geplant.

„Schlechte Nachrichten? Hat das Tier dein Zimmer besetzt?"

„Blödmann."

Aber ich mag seinen Sinn für Humor. Er ist irgendwie süß. Alles an ihm scheint süß zu sein. Ich will ihn nicht loslassen müssen.

„Meine Eltern haben mir ein Hotelzimmer gebucht."

„Das ist doch spitze."

„Ja, schon – aber ..."

Oh, ihm scheint die Tatsache gar nicht so viel auszumachen. Zumindest ist er gar nicht so enttäuscht, wie ich angenommen hatte. Ärgerlich. Haben wir gerade nicht noch geflirtet? Habe ich mir das alles nur eingebildet? Wundern würde es mich nicht. Ich scheine mich bei so vielen Dingen zu irren, die mit dem männlichen Geschlecht zu tun haben.

„Ich bringe dich hin."

„Was machst du dann die ganze Nacht?"

Er zwinkert mir zu und schiebt mich langsam zum Ausgang.

„Ich warte auf das Frühstück. Das du mir ausgeben wirst."

Plant er doch mit mir? Mit uns?

„Das wäre doch nicht fair! Du lässt deinen Flieger für mich sausen und jetzt sollst du in der Flughafenhalle übernachten?"

„Ich habe noch etwas zu tun, mach dir um mich bitte keine Sorgen."

Ich ergreife seine Hand. Das ist das zweite Mal, dass ich die Initiative ergreife. Das sieht mir gar nicht so ähnlich, oder? Ich wachse hier noch über mich hinaus.

„Ich folge dir. Mit dem Gepäckwagen, versteht sich, Miss Daisy."

Ich drücke ihm, einfach so, einen Kuss auf die Wange. Es überrascht ihn so sehr wie mich, aber es musste endlich mal getan werden. Eigentlich wollte ich auf seine Lippen zielen, aber das habe ich mich dann doch nicht getraut. Ich bin nun mal ein Schisser. Ich kneife immer dann, wenn andere springen oder sich überschlagen, oder andere tollkühne Dinge mit ihrem Körper anstellen. Und so kneife ich auch jetzt. Aber nicht ganz, es ist zumindest ein kleiner Kompromiss.

„Wofür war das denn?“

„Für alles.“

Er sieht etwas verlegen aus, rückt die Brille zurecht und nickt. Ich verstehe nicht, warum so ein attraktiver Kerl nicht eine Freundin im schönen Hamburg hat, die nur auf seinen Anruf wartet und sich in den Schlaf weint, weil er nicht neben ihr liegt. Stattdessen steht er hier neben mir und fährt mein Gepäck Richtung Ausgang. Wir gehen im Gleichschritt und ich verdränge das Gefühl, das so sehr nach Abschied schmecken wird.

Die Kälte will mir förmlich ins Gesicht beißen und ich ziehe den Schal enger um meinen Hals und den Mund. Es hat noch immer nicht aufgehört zu schneien, das viele Weiß wirkt so friedlich und fast schon feierlich, was dem besonderen Augenblick irgendwie angemessen ist. Lukas, der ein ganzes Stück größer ist als ich, zieht sich seinen Hut tiefer in die Stirn. Ich muss lächeln. Einfach so, weil es unglaublich schön ist, auch wenn es mich durcheinander bringt.

„Kalt?“

Er schüttelt den Kopf, aber ich sehe, dass auch er seinen Schal etwas höher zieht und die Jacke zumacht.

„Wenn ich Handschuhe dabei hätte, würde ich eine Schneeballschlacht anfangen.“

„Das wäre keine gute Idee. Frauen schreien immer und werden hysterisch, sobald sie auch nur einen Schneeball sehen.“

„Aber doch nicht Frauen wie du.“

Er wird langsamer und das macht mich nervös. Ich weiß genau, woran er denkt und was er vorhat. Er wird sich bücken, einen Schneeball formen und ich werde rennen. Rennen wie der Teufel, ausrutschen und mir Knie und Ellenbogen aufschlagen. So wie immer eben.

„Du musst wissen ...“

Ich halte ihn am Ärmel seiner Jacke, aber er bückt sich trotzdem.

„ ... ich bin schnell. Kein leichtes Ziel.“

„Werden wir ja sehen.“

Ich hasse Kerle, die aus dem schönen Schnee direkt einen Spielplatz für Schneeballschlachten machen müssen. Ich denke an das kalte Wasser, welches einem in den Kragen läuft.

Nein, das muss doch wirklich nicht sein. Oder doch? Den Gepäckwagen zwischen uns, gehe ich zum ersten Mal in Deckung, als der Schneeball über meinen Kopf hinwegfliegt.

„Sogar für einen Hobbit war das eine miese Vorstellung."

„Das war doch nur zum Aufwärmen."

Und schon schmettert er den nächsten Schneeball, diesmal direkt in meinen Nacken. Das war ein Volltreffer. Aber, obwohl es so kalt ist, das meine Hände kaum diesen Ball formen können, setze ich zum Gegenschlag an. Ich bin keine leichte Beute, dafür hatte ich zu viele Winter in Freiburg. Bevor er auch nur zum Ausholen kommt, trifft ihn meine Rache im Gesicht.

„Au!"

„Treffer!"

Frauen jubeln viel schöner als Männer – nur leider sehr viel kürzer, weil mich Lukas wie ein Footballer einfach zu Boden reißt. Wir landen beide weich im Schnee und mir fällt Bing Crosby ein. Vor kurzem hatte ich noch eine große Abneigung gegen ihn und sein Gefasel von weißen Weihnachten, aber inzwischen könnte ich dieses Lied den ganzen Tag singen. Hätte es heute nicht geschneit, hätte ich Lukas nie kennen gelernt, hätte diese Schneeballschlacht nicht machen können ... würde ich jetzt nicht hier liegen. Neben ihm im Schnee. Beide auf dem Rücken, den Blick in den Himmel gerichtet. Mir fällt Philipp Poisel wieder ein. Vorhin hat er noch für mich gesungen und wollte wissen, wo mein Himmel anfängt. Nun kann ich es sagen: genau hier. Genau über dem Flughafen in Stuttgart, direkt hier, wo auch Lukas' Himmel anfängt. Alles andere spielt gerade keine Rolle mehr. Wo seine Gedanken sind, weiß ich nicht – aber ich hoffe, eine kleine Rolle darin zu spielen.

„Gar nicht so übel heute."

Er murmelt es eher vor sich hin. Aber ich kann es hören, weil er will, dass ich es höre. Er dreht sich zur Seite und sieht mich an, das spüre ich. Obwohl es kalt ist, obwohl meine Finger sich taub anfühlen, habe ich das Gefühl, den Schnee um uns herum schmelzen zu spüren. Das ist so der Moment wie im Film *Romeo und Julia,* als sie sich zum ersten Mal durch das dicke Glas des Aquariums sehen. Es trifft beide wie ein Blitz. Oder in *Pretty Woman,* wenn Richard Gere seine Dame abholen will und Julia Roberts im Cocktail-Kleid wartet. Er sieht sie an und es trifft ihn ohne Zweifel wie der Blitz.

„Es ist das beste Weihnachten, das ich je erlebt habe. Dank dir.“

Darauf weiß ich weder eine bissige Antwort noch eine amüsante Reaktion. Ich habe Männer das schon oft sagen hören, aber nie zu mir. Vergessen wir Benny für einen Moment, denn bei ihm war es eine Lüge, wie ich inzwischen weiß. Ich habe ein Recht darauf, ein neues Glück zu finden. Waren Lukas' Augen eigentlich schon immer so schön? So leuchtend? Ist mir eigentlich klar, was ich hier mache? Er hat seinen Flieger sausen lassen. Für mich. Das ist keine Geschichte, die mir meine Freundinnen erzählen. Ich erlebe das gerade.

Seine Hand berührt meine Wange, und es tut mir fast schon leid, dass sie so kalt ist. Er müsste Handschuhe anziehen. Meine Wange ist deswegen so warm, weil sie das immer wird. Meistens ist sie dann auch sehr rot und ich wette, ich sehe aus wie ein Leuchtturm, der in den Schnee gefallen ist. Man sucht sich doch immer Filme oder Lieder, um die eigenen Gedanken und Gefühle zu beschreiben. Ich mache das immer, weil ich das Gefühl habe, andere hätten es schon viel schöner gesagt. Jetzt fallen mir hundert Songs ein, die meisten von *Take That* oder Robbie Williams, aber leider muss ich zugeben, das Herbert Grönemeyer das Lied zu diesem Gefühl geschrieben hat: *Flugzeuge in meinem Bauch*. Wenn Luke Skywalker und Han Solo in *Star Wars* denken, das wäre ein Großangriff von imperialen Raumschiffen, dann müssten sie hier sein. Jetzt! Denn diese Flugzeuge in meinem Bauch scheinen ihren ganz persönlichen Überfall auf mich zu planen. Und der dafür Verantwortliche liegt neben mir und streichelt meine Wange.

„Ist es erlaubt?“

Ich finde es wunderschön, wenn Männer Frauen fragen, ob sie sie küssen dürfen. Dann ist man darauf vorbereitet und weiß genau, dass jetzt der absolute Höhepunkt des Abends kommt. Ich hatte manchmal das Gefühl, früher auf Partys als 16jährige, total überrascht worden zu sein. Man kam dann später heim, die Eltern fragten, wie es war und man sagte: okay. Aber nur, weil man nicht vorher wusste, was passieren würde. Und dann ist es passiert.

Diesmal nicke ich.

Er beugt sich zu mir rüber, nur ein bisschen, dann hält er kurz inne, als ob er sich nicht sicher ist, ob das richtig ist. Wenn Frauen es sich dann anders überlegen, haben sie hier die Chance, einen Rückzieher zu machen. Wenn

Frauen aber von sich aus die Lücke zwischen ihren und seinen Lippen schließen, dann ist das der klassische Fall von: wir haben uns geküsst. Ich werde also nicht sagen müssen, dass er mich im Schnee geküsst hat. Nein, ich kann sagen, dass wir uns geküsst haben. Also bleibt mir jetzt nichts anderes übrig, als diese Lücke zu schließen und meinen Kopf nur ein ganz kleines bisschen zu seinem zu drehen.

Seine Lippen schmecken im ersten Moment wie Erdbeeren. Ehrlich, ich weiß nicht wieso, aber so kommt es mir vor. Es hat sich so angefühlt, als würde man zum ersten Mal im Leben eine Mango oder eine Papaya essen. Man weiß, es gibt diese Frucht, man weiß auch, wie andere es beschrieben haben, aber man selber hat es noch nie probiert. Und deswegen ist die Spannung besonders groß. Wird man enttäuscht oder schmeckt Papaya tatsächlich wie Honigmelone? Nein, dieser Kuss zwischen mir und Lukas im Schnee, an Weihnachten, am Stuttgarter Flughafen ... Das alles schmeckt weder nach Erdbeere noch nach Honigmelone. Es schmeckt einfach traumhaft. Ich würde so gerne Worte finden, die beschreiben, was ich gefühlt habe, aber mir fällt kein Film ein, der es schon beschrieben hat. Kein Lied hat es je im Radio besungen, und jetzt bin ich mir sicher, dass die Wörter dazu einfach noch nicht erfunden worden sind. Wenn ich es ausspreche, ist es vorbei. Doch, es gibt einen Film: *Playing by heart.* Angelina Jolie sagt: „Reden über Liebe ist wie Tanzen zur Architektur". Sie hat Recht. Mehr als nur das. Sie trifft es genau. Es ist so, als würde ich versuchen, den Zauber der Liebe zu erklären. Biologisch oder chemisch. Ausgesprochen kann ich die Wörter nicht mehr zurücknehmen, kann sie nicht tief in meinem Inneren einsperren. Ich werde nur sagen: wir haben uns geküsst.

Und obwohl es kalt und spät ist, obwohl ich auf dem Weg zu meinem Hotel bin, bleiben wir noch eine ganze Weile im Schnee liegen. Sobald wir sprechen oder aufstehen, ist der Moment vorbei. Er hält meine Hand noch immer fest in seiner. Unsere Finger sind ineinander verschlungen und mein Kopf lehnt an seiner Schulter. Er riecht nach Lenor und Cool Water und ich weiß, dass dieses Geschenk zu Weihnachten das schönste ist, das ich jemals bekommen habe. Ich bin zum ersten Mal seit langer Zeit wieder glücklich. Und habe mich versehentlich verliebt.

Kapitel 5

„Guten Abend, wie kann ich Ihnen helfen?"

Das ist unglaublich. Wie soll ich denn nur diesen absolut süßen Kerl hier alleine zurücklassen? Er hat seinen Flug für mich sausen lassen und ich hole mir jetzt ein warmes Hotelzimmer – ist das fair? Kenne ich ihn denn gut genug, um ihn mit nach oben zu nehmen? Obwohl ich ihn wirklich mag ... ich meine, wirklich, wirklich mag, kann ich das nicht tun. Aber es geht hier noch immer um Lukas.

Ich erkläre kurz, dass meine Eltern für mich hier ein Zimmer gebucht haben (was in Anbetracht der ganzen Situation an Peinlichkeit kaum zu übertreffen ist) und bekomme dann einen Zimmerschlüssel und ein freundliches Lächeln des freundlichen Mannes an der Rezeption.

„Das Restaurant hat noch offen, falls Sie also noch Hunger haben. Sie würden bestimmt auch lieber bei ihrer Familie feiern."

Eigentlich will ich mich wieder mit Lukas in den Schnee legen und ihn küssen. Immer und immer wieder, bis ich nicht mehr vergessen kann, wie sich seine Lippen auf meinen anfühlen. Aber ich nicke nur müde und nehme den Schlüssel.

„Zimmer 345. Ich wünsche Ihnen trotzdem frohe Weihnachten. Soll ich Ihr Gepäck hochbringen lassen?“

Lukas greift schnell nach meiner Tasche und schüttelt lächelnd den Kopf.

„Nicht nötig. Ich bringe sie noch schnell zu ihrem Zimmer.“

Ich könnte wetten, dass der Kerl denkt, wir würden zusammengehören. Ich hoffe es inzwischen auch; aber ich weiß ganz genau, dass er nicht in meinem Zimmer bleiben wird. Wie nennt man so was dann? No-Night-Stand? Wie auch immer ... Ich bin so edel und sage nein. Das heißt: ich werde gar keine Chance haben, um etwas zu verneinen, weil er nicht fragen wird. Soll ich jetzt stolz sein, weil ich einen so netten Typ kennen gelernt habe, der nicht fragt, weil es unverschämt wäre? Oder soll ich traurig sein, weil er mich nicht anziehend genug findet, um mich zu fragen? Bin ich nicht sexy genug? Habe ich zu viel Zeit darauf verschwendet, geistreich wirken zu wollen? Ach verdammt, die klassische Zwickmühle! Im Fahrstuhl reden wir nicht miteinander, aber seine Hand berührt meine, während wir die Tasche halten. Natürlich wäre es leichter, die Taschen abzustellen und dann Händchen zu halten. Vielleicht erscheint uns das aber zu kindisch.

„Ich glaube, es wird noch mal richtig kalt heute Nacht."

Ich nicke. Über das Wetter will ich nicht sprechen. Ich bin noch immer am überlegen, ob ich ihn nicht doch in mein Hotelzimmer bitten soll. Immerhin entscheidet diese Überlegung vielleicht über mein restliches Leben. Könnte doch sein. Bin ich wieder mal paranoid? Übertreibe ich wieder, so wie jede richtige Frau?

Dann entdecken wir die Zahl 345. Meine Schicksalszahl für heute Nacht.

„Hier sind wir."

Was Geistreicheres fällt mir einfach nicht ein. Und ihm ganz offensichtlich auch nicht. Wir sehen uns einfach nur an. Sein Blick ruht auf meinen Lippen und vielleicht will er mich ja wieder küssen. Bevor er etwas sagen oder tun kann, küsse ich ihn. Ich frage nicht, ich zähle nicht bis zehn, ich ziehe ihn einfach an mich und küsse ihn. Dabei halte ich ihn ganz fest.

Ich weiß nicht, wie viel Zeit vergangen ist, aber als wir uns wieder voneinander lösen, bin ich etwas atemlos und spiele mit dem Gedanken, ihn ins Innere zu zerren. Aber er kommt mir zuvor.

„Ich warte im Flughafen mit dem Frühstück."

Das kann eine Lüge sein. Oder ein Versprechen. Die Entscheidung liegt bei mir, ob ich ihm glauben soll, und mich damit wieder auf das Glatteis einer potenziellen Beziehung wage. Als Benny mich damals verlassen und mein Herz in Trümmern auf meiner Türschwelle hinterlassen hatte, brauchte ich knapp einen Monat um zu verstehen, dass er mich für eine andere verlassen hatte. Es dauerte über ein Jahr, bis ich verstanden hatte, dass er wohl nicht mehr zu mir zurückkehren würde. Und es hat bis zu genau diesem Moment mit Lukas gedauert, bis ich verstehe, dass mein Herz noch immer schlägt. Laut, aufmüpfig – und für Lukas. Ich beobachte, wie er über den Flur geht und vom Fahrstuhl verschluckt wird. Ein Lächeln, ein Winken, dann ist er weg. Und ich bin alleine.

Meine Tasche steht inzwischen in einem netten Hotelzimmer, nicht besonders luxuriös, aber es reicht für eine Nacht wie diese. Nach einem Blick ins Badezimmer habe ich jetzt eine stattliche Liste mit Dingen, die später in meiner Tasche verschwinden werden. Ohne Zweifel haben sie hier bestimmt ganz flauschige Bademäntel.

Ich rufe meine Eltern an, bedanke mich für das tolle Hotelzimmer und verspreche, zeitig schlafen zu gehen. Ich spreche nicht über Lukas oder wie schwer es mir fällt, ihn im Flughafen zu wissen. Ich kann die Lichter dort sehen, er ist ganz in meiner Nähe – und doch fühlt es sich an, als wäre er in einer anderen Welt.

Das Bett, auf dem ich liege, ist viel zu groß. Draußen schneit es weiter und so beobachte ich eine kleine Weile das Tänzchen der weißen Flocken, die fröhlich vom Himmel rieseln. Der Flughafen leuchtet wie die trostvolle Imitation eines Weihnachtsbaums. Ich sehe kleine Punkte, die sich unter mir bewegen und ich glaube, einer von ihnen trägt eine braune Kordjacke. Ist das nicht komisch? Vermutlich tragen für mich alle eine Kordjacke.

Mir ist kalt und ich werfe einen zufriedenen Blick ins Bad. Eine Wanne habe ich zwar nicht, aber die Dusche müsste reichen. Der Bademantel hängt an der Tür, ein verpacktes Zahnputz-Set liegt auf dem Waschbecken ... Na, das nenne ich Service. Eine warme Dusche wird helfen für kurze Zeit mal nicht an Lukas denken zu müssen. Liebe auf den ersten Blick. Liebe! So ein großes Wort. Vor allem, wenn der eine in Hamburg und die andere in Freiburg wohnt. Nein, stop! Bevor meine Gedanken mich und meine aktuelle Situation zu Tode diskutieren, muss eine warme Dusche her. Jetzt und sofort. Danach werde ich bestimmt viel mehr in Weihnachtsstimmung sein. Ein kleiner Flat-TV wird mich bestimmt mit dem nötigen Serienkitsch versorgen. Kommt heute nicht *Sissi*? Weihnachten läuft doch immer *Sissi*.

Das Shampoo riecht sehr kitschig nach Rosen, aber ich bin zu faul, um meines aus der Tasche zu wühlen. Für gewöhnlich habe ich es ganz unten in meiner Reisetasche, unter den dreckigen Socken und den verschwitzen T-Shirts. Nein, dann lieber billigen Rosenduft. Dass ich nicht lache. Kein Shampoo der Welt riecht noch nach Rosen. Ich habe schon Eis mit Rosenlikör gegessen, welches mehr nach Rosen gerochen hat, als dieses Shampoo. Ach, ist das schön. Man regt sich über Kleinigkeiten auf und vergisst den ganz großen Schmerz. In einem Film würde der Regisseur jetzt mit Überblendungen arbeiten. Zuerst ihr Schicksal, so alleine unter der Dusche, Überblendung auf ihn. Alleine in der Halle, wie er verloren mit dem Hut spielt, die Jacke eng um seinen Körper geschlungen. Überblendung. Ich starre in den Spiegel. Verdammt! Wieso passiert so was mir? Ich bin wirklich nicht gut in solchen Dingen. War ich nie und werde ich nie sein. Situationen, die meine ganz privaten Heldinnen Julia Roberts oder Sandra Bullock erleben, sind nichts für mich. Wünschen Sie sich nie: Ach, so was würde ich auch gerne erleben! Ich bin gerade in einem Julia-Roberts-Film. Und wissen Sie, was passiert? Ich habe keine Ahnung, was ich tun soll. Jetzt, nasse Haare, ein schicker Bademantel, ein warmes Zimmer. Gemütlich will ich *Sissi* gucken, in meinem neuen Bademantel und mit den Pralinen, die ich aus der Minibar geschnappt habe ... Aber so richtig glücklich fühle ich mich alleine nicht.

Die junge Romy Schneider war eine wirklich hübsche Frau. Sie verliebt sich sofort in den Kaiser von Österreich, er verliebt sich sofort in sie ... *Einfach schön.* Jetzt reicht es aber! Meine Haare sind trocken, sie duften nicht nach Rosen, *Sissi* streut Salz in meine Wunde und ich muss etwas unternehmen. Einmal in meinem Leben sollte ich selbst etwas entscheiden. Etwas, worauf alle meine Freunde stolz wären. Etwas, worauf ich ernsthaft stolz wäre.

Benny. Wenn ich an ihn denke, dann zieht sich alles zusammen. Jetzt auch. Zu meiner Überraschung habe ich die letzten Stunden nicht mehr an ihn denken müssen. Und dabei tue ich das sonst ständig. Ich sehe auf mein Handy und hoffe, dass er anruft. Ich checke meine E-Mails und hoffe, er meldet sich. Ich checke sein Facebook-Profil, aber da steht noch immer „verlobt". Verlobt. Aber nicht mit mir. Nicht mit der Frau, die ihm beigebracht hat, wie man eine Waschmaschine bedient und wie man sich selbst Pizza macht. Nicht mit der Frau, die ihm gezeigt hat, wie man mit Stäbchen isst und wozu Wasabi gut ist. Nein. Er ist verlobt mit Theresa. Die Frau, die ihm gezeigt hat, dass man für einen Quickie die Oberbekleidung nicht ausziehen muss und der Kopierer im Besprechungszimmer hundertmal ihren nackten Hintern ablichten kann. Diese Frau heiratet Benny. Seitdem all das passiert ist, habe ich mich selbst eingefroren. Ich dachte so: wenn ich es schaffe, möglichst wenig zu fühlen und so zu bleiben, wie Benny mich geliebt hat, dann kann ich mich wieder auftauen lassen, wenn er merkt, dass Theresa nicht die Richtige für ihn ist.

Nur sind die beiden jetzt nicht einfach nur verlobt – nein, sie ist auch noch schwanger.

Schwanger von dem Mann, der mir und meinem Kinderwunsch die rote Karte gezeigt hat, weil er selbst noch viel zu unreif sei und überhaupt nicht wüsste, ob er Kinder will. Die korrekte Formulierung wäre: er wüsste überhaupt nicht, ob er Kinder mit *mir* will.

Lukas blaue Augen holen mich zurück ins Hier und Jetzt und ziehen mich unendlich weit weg von Benny und Theresa. Ich bin versucht, dem endlich nachzugeben. Obwohl Lukas im Moment nicht bei mir ist, kann ich sein Gesicht genau vor meinem inneren Auge sehen.

Dann wähle ich eine neue Nummer. Die Vorwahl gehört zu einer Stadt mit dem Namen Freiburg. Kurz fühlt es sich so an, als ob ich diese Nummer noch nie gewählt hätte. Es klingelt. Ich atme tief durch. Es klingelt weiter. Soll ich auflegen? Ist es zu spät um noch anzurufen?

„Hallo?“

Ich schlucke, als die weibliche Stimme zu meinem Ohr durchdringt. Theresa. Sie klingt gar nicht schwanger. Nicht, dass ich weiß ob und wie Schwangere anders klingen, aber sie klingt eben immer noch so wie damals. Ich muss mir aber nichts vormachen. Als ich sie das letzte Mal gesehen habe, sah sie sehr schwanger aus. Ein Medizinball ist nichts gegen die Kugel, die sie vor sich hergeschoben hat. Obwohl sie ihre Füße schon seit Wochen nicht mehr sehen konnte, steckten sie in teuer aussehenden Schuhen. Aber mit ihr wollte ich eigentlich nicht sprechen. Trotzdem zwinge ich mich dazu, etwas zu sagen.

„Hallo Theresa, hier ist Pippa. Ist Benny da?"

Es entsteht eine Pause und ich weiß genau, dass sie darüber nachdenkt, einfach aufzulegen. Ich würde es an ihrer Stelle tun. Aber was hat sie zu verlieren? Sie trägt den Ring und das Kind. Ich hingegen sitze alleine in einem Hotel, während ein wirklich toller Kerl alleine am Flughafen ist – und rufe meinen Ex-Freund an Weihnachten an. Der Verlierer sollte deutlich erkennbar für alle sein.

„Augenblick."

Dann höre ich nur noch Genuschel, sie hält also ihre Hand auf den Hörer. Jetzt wird sie behaupten, dass er nicht da ist und mir frohe Weihnachten wünschen. Dumme Gans.

„Pippa. Was kann ich für dich tun?"

Dich entschuldigen. Mir sagen, dass es dir zumindest leid tut, dass du mein Herz rausgerissen und draufgespuckt hast. Soviel Größe könntest du haben und du weißt auch, dass ich das verdient habe!

„Ich wollte mich nur verabschieden und dir frohe Weihnachten wünschen."

„Verabschieden?"

Benny klingt nicht mehr ganz so gelangweilt. Hat er etwa die Befürchtung, ich würde mir etwas antun? Mich vor einen Zug werfen, weil ich endlich eingesehen habe, dass er mich nicht mehr liebt?

„Ich lasse dich los."

„Pippa, was soll das?"

„Ich lasse dich los, weil du mich runterziehst und weil ich ..."

Dann ist das Gefühl so klar, dass ich es fast mit der Hand greifen könnte.

„ ... ich dich nicht mehr liebe."

„Pippa ...."

„Und weil du ein Arschloch bist. Weil ich nicht nur Monate, sondern Jahre an dich verschwendet habe. Und weil es auch anders geht. Weil mich jemand einfach so auf dem Gepäckwagen durch die Flughafenhalle schiebt und mir die Colaflasche aufmacht, dabei lächelt und nach Erdbeere schmeckt."

„Pippa, hast du getrunken?"

„Mach es gut, Benny. Frohe Weihnachten."

„Leg jetzt ja nicht auf!“

Aber genau das tue ich. Vielleicht war es nicht ganz so spontan, wie Lukas es sich gewünscht hätte; aber ich lächle, während mein Blick durch das Hotelzimmer gleitet. Es ist vollbracht. Benny gehört jetzt zu einem Kapitel in meiner Vergangenheit und ich muss dringend noch etwas erledigen.

Wow, persönliche Bestleistung! So schnell habe ich mein Zeug noch nie eingepackt. Und natürlich einen weißen Bademantel. Niemand wird das je erfahren, ich bin viel zu raffiniert. Pippa Wunsch, die Meisterdiebin, was Bademäntel in Hotels angeht. Ich werde doch noch zum Outlaw.

Der Mann hinter der Rezeption sieht mich etwas überrascht an.

„Stimmt was mit dem Zimmer nicht?“

„Nein, das Zimmer ist toll. Vor allem das Badezimmer. Wirklich super. Okay, vielleicht sollten Sie mal das Shampoo überdenken.“

„Rosenduft.“

„Hm?!“

„Sie sind nicht die Erste, die sich darüber beschwert. Aber ich kann Ihnen aus dem Geschenkshop ein anderes besorgen lassen, wenn Sie ..."

„Darum geht es nicht ... Ich würde gerne wieder abreisen."

„Geht ihr Flug doch noch raus?"

„Nein, es ist ehrlich gesagt etwas kitschiger."

„Lassen Sie mich raten. Es hat nicht zufällig etwas mit dem jungen Mann zu tun, der Sie hergebracht hat?"

Ertappt. Ich versuche ein Lächeln. Ihm fällt das viel leichter. Ich war schon immer der Typ Frau, der man die Gedanken und Gefühle an der Nasenspitze ablesen kann. Dazu muss man noch nicht mal ein Psychologie-Studium absolviert haben. Ich bin ein offenes Buch.

„Ich habe langsam aber sicher das Gefühl, ich hätte ihn nicht gehen lassen sollen. Und wenn ich ihn jetzt nicht suchen gehe, werde ich es ganz sicher später mal bereuen."

Er nickt lächelnd und nimmt den Schlüssel zurück. Eigentlich will ich jetzt schon los und weg, aber er hat seine Hand auf meine gelegt.

„Warten Sie, ich organisiere Ihnen einen Gepäckwagen."

Männer, die mir Gepäckwagen organisieren, werden ab sofort meine neuen und persönlichen Superhelden. Ich werde ein passendes

Superhelden-Outfit entwerfen, sobald ich etwas mehr Zeit habe.

„Wären Sie bitte so freundlich und würden sich auch hinten anstellen?"

Ich starre die Frau hinter dem Tresen am Infoschalter nur an. Erinnert sie sich denn nicht mehr an mich? Ich bin doch die Freundin von Lukas. Oder zumindest so was in der Art. Sie hat ihm sein Flugticket gegeben. Wir waren zusammen hier, das ist gar nicht so lange her, nur ein paar Stunden. Sie erwischt mich zwar frisch geduscht, aber dafür schlecht gelaunt.

„Ich habe aber keine Zeit um mich hinten anzustellen! Ich brauche nur eine kurze Information!"

„Für eine Information stehen die Menschen hinter Ihnen auch an."

Ich werfe einen entschuldigenden Blick über die Schulter und schaue in das genervte Gesicht eines Anzugträgers.

„Das geht ganz schnell. Sie erinnern sich doch bestimmt noch an den netten Kerl, der nach Hamburg wollte! Ich war vorhin mit ihm da. Erinnern Sie sich?"

„Es waren viele nette Kerle hier, ich brauche mehr Informationen."

„Ich spreche von dem süßen Kerl, den Sie mit Blicken ausgezogen haben! Wissen Sie jetzt, wen ich meine?“

Sie lächelt süffisant und nickt.

„Ja, ich erinnere mich!“

„Ist er hier gewesen? Hat er vielleicht noch mal nach seinem Flug gefragt? Haben Sie ihn vielleicht gesehen?“

„Ich kann mich nicht erinnern. Und jetzt stellen Sie sich hinten an!“

Ich bin genervt. Auf Stutenbissigkeit habe ich im Moment gar keine Lust – aber wenn sie es so haben möchte ...

„Ja, gleich, können Sie ihn vielleicht ausrufen?“

„Hinten anstellen!“

„Blöde Ziege!“

„Ganz hinten anstellen!“

Schönen Dank auch. Ist ja nicht so, dass ich viel Unterstützung von ihr erwartet hätte; also gebe ich den Menschen hinter mir eine Chance. Ich kann ihn natürlich auch auf eigene Faust suchen. Wo kann er denn sein? Vielleicht ist er noch bei den Telefonzellen? Da werde ich meine Suche ansetzen, dann einen Blick in die Cafés werfen und die Großfamilie belästigen. Wenn dann immer noch nichts von ihm zu sehen ist, werde ich mich dazu herablassen, wieder bei der blöden Ziege aufzukreuzen, um ihn ausrufen zu lassen. Ich will nicht, dass diese Zicke erfährt, dass ich keinen blassen Schimmer habe, wie sein Nachname lautet. Egal, ich muss Lukas finden, bevor er vielleicht für immer verschwindet. Er ist für mich zurückgekommen. Ich fühle mich ein bisschen wie Kate Winslet als Rose im Film *Titanic*, nachdem sie wieder auf das sinkende Schiff gesprungen ist und Jack sucht. Natürlich findet sie ihn. Aber wo soll ich meinen Jack nur finden?

Die Telefonzellen sind verlassen. Niemand, der jetzt noch seine Familie anruft. Ich schiebe meinen Wagen langsam weiter. Vielleicht war das alles auch nur eine dumme Idee. Immerhin habe ich jetzt ja nicht mal mehr einen Schlafplatz. Zwar glaube ich, dass der nette Mann im Hotel ein Auge zudrücken würde, aber ich käme mir dämlich vor, wenn ich dort wieder ankriechen würde. Er würde genau wissen, dass ich Lukas nicht gefunden hätte. Das ist ja so peinlich. Außerdem habe ich ihm einen Bademantel geklaut. Kehren Täter immer an den Ort des Verbrechens zurück?

Das Café ist voll, aber niemand sieht auch nur annähernd so aus wie Lukas. Keine Kordjacke. Keine Sporttasche, nichts. Er ist wie vom Erdboden verschluckt. Also doch wieder zurück zur blöden Ziege. Das wird der absolute Tiefpunkt meines Tages. Und dabei hatte er sich doch noch ganz gut entwickelt. Ist er doch in einen Flieger gesprungen und nach Hamburg verschwunden? Nein! Er ist hier. Irgendwo.

Das spüre ich.

Natürlich hat sie dieses triumphierende Lächeln, als ich mich wieder ganz hinten in die Reihe stelle. Ja, sie hat gewonnen. Ich beuge mich ihrer Anweisung und habe noch immer die Hoffnung, dass Lukas auftaucht, mich in die Arme schließt und wir zusammen das restliche Weihnachten hier verbringen. Aber natürlich könnte ich auch dort stehen und warten – und nichts würde passieren.

Was ist das? Meine Rettung? Ja, ein Traum wird wahr! Zumindest ein kleiner Teil davon! Die Ziege wird abgelöst, ihre Schicht scheint zu Ende. Ich winke ihr grinsend und sie marschiert davon. Allerdings nicht weit genug. Sie nimmt auf einem Stuhl am Computer Platz und ich bin an der Reihe.

„Schönen guten Abend, ich habe ein kleines Problem."

„Vielleicht kann ich Ihnen ja helfen."

Der Mann in der schicken Uniform lächelt mich freundlich an. Noch ein Held in meiner Geschichte.

„Ich habe einen Freund verloren und kann ihn nicht finden. Ich würde ihn also gerne ausrufen lassen. Geht das?"

„Sicher, wie heißt er denn?"

Ich will mich a) nicht blamieren, indem ich sage, dass ich seinen Nachnamen nicht kenne, und b) will ich auch nicht, dass diese Ziege (die sich verdächtig weit zu uns rüberbeugt) erfährt, wie er wirklich heißt. Ich muss eine Art Geheimsprache entwickeln, die nur wir zwei verstehen werden.

„Tobias"

„Und weiter?"

„Tobias Hobbit."

Es ist das erste, was mir einfällt. Er muss verstehen, dass er gemeint ist. Tobias, so hatte ich angenommen, wäre sein Name. Und Hobbit, nun, das liegt ja wohl auf der Hand. Der Flughafenangestellte sieht mich etwas zweifelnd an und so schenke ich ihm ein breites Lächeln.

„Ja, ein verrückter Name, ist ihm auch unangenehm, aber er wird es verstehen."

Das hoffe ich. Ich hoffe es wirklich, denn eigentlich hat Lukas keine Ahnung, dass er so heißt. Aber er ist ja ein richtig schlaues Kerlchen. Er muss es verstehen.

„Soll ich vielleicht auch sagen, wer ihn sucht?"

„Jolanda Yoda."

Jetzt hält er mich für durchgeknallt. Ich bin aber weder auf Drogen, noch ist das hier ein dummer Scherz. Das versichere ich hoch und heilig, während ich ihn bittend – ja fast flehend – ansehe.

„Also gut, es ist ja Weihnachten."

Dann greift er nach dem Mikrofon und schaltet es ein. Ich halte die Luft an. Es muss einfach funktionieren. Lukas muss es hören und verstehen.

„Achtung, eine Durchsage für Herrn Tobias Hobbit. Eine Frau Jolanda Yoda wartet an der Information auf Sie. Herr Tobias Hobbit!"

Hinausposaunt durch den Lautsprecher einer Flughafenhalle klingt das Ganze zugegeben extrem dämlich. Ich zähle es also nicht zu den besten Ideen, die ich bisher hatte. Vermutlich erwarten die Leute jetzt eine Erklärung, aber ich kann und will dieses kleine Geheimnis nicht lüften. Sollte Lukas hier nicht mehr auftauchen, werde ich wenigstens dieses Geheimnis haben. Kaum einer wird das verstehen, aber er muss es einfach verstehen. Man stelle sich vor: Rose springt zurück auf die Titanic und findet Jack nicht mehr – was würde das nur für den Film bedeuten?

„Soll ich es vielleicht noch einmal versuchen?"

„Nein, danke. Wenn er nicht kommt, dann ist er vermutlich nicht mehr hier."

Gott, das klingt niedergeschmettert. Und das bin ich auch. Er wird nicht auftauchen. Er ist weg. Vielleicht auch nur kurz auf der Toilette, und kann es nicht hören. Obwohl ich ihn nicht darum bitte, ruft der Mann ihn erneut aus. Dann rücke ich zur Seite und er kümmert sich um die anderen Wartenden. Ich habe es zumindest versucht, war spontan und wagemutig. Fast heldenhaft. Aber ich bin selbst schuld. Es war eigentlich alles sehr einfach: wir hätten hier Arm in Arm liegen und die Nacht zusammen verbringen können. Aber so wie immer, verkompliziere ich die Dinge unnötig, einfach weil ich so bin. Einfach geradeaus, das kommt für andere in Frage. Mir dagegen fällt es schwer, einen geraden Weg einfach zu Ende zu gehen. Wieso bin ich so?

Ich schiebe mich und meinen Gepäckwagen ein bisschen weiter und setze mich auf meine

Tasche. Tatsächlich hat es sich die Großfamilie hier in der Nähe gemütlich gemacht. Sie liegen verstreut auf den freien Plätzen der Bank herum und schlafen. Zumindest die Kinder. Andere Menschen liegen in Schlafsäcken in verschiedenen Ecken oder rollen sich in Decken ein. Sandwichs und ungemütlich aussehende Decken werden verteilt. Niedergeschlagen betrachte ich die Scherben dieser Nacht. Es hätte so schön werden können. Erinnern Sie sich an das, was ich über Julia-Roberts-Filme gesagt habe? Es ist absoluter Bullshit. Es gibt so etwas nicht – und wenn, dann erlebe ich es ganz bestimmt nicht.

„Sie haben mich ausrufen lassen?"

Mein Herz pocht plötzlich so schnell und fest gegen meine Brust, dass ich Angst haben muss, es würde mir einfach aus dem Körper springen. Langsam drehe ich mich um. Da steht er, einfach so.

„Lukas!"

„Oder soll ich besser Tobias sagen?"

„Du bist ja doch hier."

„Ich habe doch gesagt, ich warte. Aber du hast mich ausrufen lassen."

Sobald ich mich wieder bewegen kann, werde ich aufstehen, ganz sicher. Aber im Moment ist das alles nicht möglich. Ich fühle mich fast wie gelähmt.

„Wieso bist du aus dem Hotel zurückgekommen?"

„Sie haben mich erwischt, als ich den Bademantel geklaut habe. Also habe ich eine spektakuläre Flucht hinlegen müssen."

„Aus dem Fenster?"

„Natürlich."

Jetzt spüre ich wenigstens meine Beine wieder und erhebe mich langsam. Lukas stellt seine Tasche auf meinen Gepäckwagen. Ein sicheres Zeichen, dass wir wieder an einem bekannten Punkt sind. Ich greife zögernd nach dem Ärmel seiner Jacke. Den Hut trägt er nicht mehr. Seine Frisur sieht ein bisschen verwuschelt aus.

„Geht es dir gut?"

Sehe ich denn nicht so aus, wie ich mich fühle? Ich könnte die ganze Welt umarmen. Ich könnte ihn umarmen. Ich könnte platzen vor Freude. Also tue ich genau das: ich lege meine Arme um ihn und er drückt mich sehr fest an sich.

„Jetzt geht es mir gut. Weißt du, ich saß da oben mit einem ganz billigen Shampoo und jeder Menge Pralinen. *Sissi* lief im TV und ich musste dich einfach wiedersehen."

„*Sissi*? Dazu Pralinen und ein schlechtes Shampoo? Das klingt nach Suizid."

„Ja. Irgendwie schon. Aber jetzt ist alles gut."

„Aber Tobias Hobbit und Jolanda Yoda?"

„Mir ist nichts Dümmeres eingefallen. Tut mir Leid."

Wir stehen noch immer in einer Umarmung und halten uns fest, als hätten wir uns Wochen nicht gesehen.

„Das ist okay. Ich bin sogar ziemlich froh, dass du zurückgekommen bist."

Ich spüre, wie er sein Gesicht sanft in meine Haare drückt.

„So mies ist das Shampoo nicht."

Dann sieht er mich an und lächelt sanft. Manchmal wünschte ich mir einen Moment, in dem ich kurz durchatmen und nachdenken könnte. Immerhin will man immer was Schlaues sagen. Aber ich glaube, ihm ist nicht nach reden zumute. Der zweite Kuss muss den ersten immer überbieten. Denn man geht mit der Erwartung des ersten in diese Geschichte. Doch es ist fast unmöglich, den ersten Kuss zu überbieten. Es gibt kein Papaya-Feeling mehr, keinen Erdbeer-Geschmack.

Vergessen Sie alles, was ich gerade gesagt habe! Ich bin mir nicht mal sicher, ob wir nicht so was wie Erregung öffentlichen Ärgernisses betreiben. Die Großfamilie starrt uns an, als wir uns wieder voneinander lösen, und ich muss grinsen. Das ist nicht der richtige Ort für solche Küsse, dessen bin ich mir natürlich bewusst. Aber ich sehe trotzdem keinen Grund, diesen Mann hier nicht zu küssen. Immerhin werde ich ab morgen auf ihn verzichten müssen. Für wie lange? Für immer?

Wir nehmen auf dem Gepäckwagen Platz und grinsen wie verliebte Teenager. Es ist verrückt. Alles hier ist total anders, als es in meinem Leben sonst ist. Plötzlich ist mein Leben aufregend und spannend. Es ist so, als könnte man mich beneiden. Ja, man könnte mich sehen und sagen: „Pippa Wunschs Leben – Mensch, das hätte ich auch gerne!" Und das alles nur wegen Lukas.

Er zieht eine Decke aus seiner Tasche und hält sie stolz vor uns.

„Ich habe vorhin von einer aufmerksamen Frau eine Decke bekommen. Ist das nicht toll?"

Sein Lächeln wird größer und er wirkt stolz, als hätte er einen Büffel erlegt, und jetzt für die Frau in der Höhle eine Decke aus Büffelfell gehäkelt. Aber er hat sie nur geschenkt bekommen. Ich könnte ja wetten, dass er mit diesem

Aussehen ständig Dinge von Frauen geschenkt bekommt. Wenn ich etwas übrig hätte, dann würde ich es ihm auch schenken. Aber im Moment fällt mir da nur mein Herz ein.

„Klasse."

„Ich habe mir auch schon einen Gepäckwagen gesucht. Ich dachte so als Nachtlager, aber eine Frau mit Kind war schneller."

„Also möchtest du diesmal auf meinem Gepäckwagen nächtigen?"

„Naja, genau genommen ist es ja mein Gepäckwagen. Ich habe ihn dir damals überlassen."

„Wir brauchen einen Ehevertrag."

Er nickt, während er die Decke um uns legt.

„Absolut. Du kriegst die Kinder, ich den Gepäckwagen."

„Wer behält die Hunde?"

„Wir haben Hunde?"

Er sieht mich überrascht an.

„Du magst keine Hunde?"

„Doch, ich liebe Hunde. Aber meine Ex ..."

Oh je. Hier sind wir, planen Hunde, Kinder und er öffnet die Ex-Akte. Bisher habe ich jegliche Bilder von ihm mit einer anderen Frau verdrängt. Jetzt spricht er es offen an und ich muss so tun, als wäre ich total cool.

„... mochte keine Hunde?"

Er scheint über die Frage ernsthaft nachzudenken. Ich warte und bin unsicher, ob ich die Antwort hören will.

„Sie mochte wohl den Hund meines Nachbarn mehr."

„Oh."

Ich kenne das Gefühl zu gut, will nicht fragen, weil es schmerzhaft ist. Immer. Egal wie oft man so tut, als wäre man darüber hinweg, es tut immer ein bisschen weh. Außerdem killt es immer das Gespräch. Ich will gar nicht wissen, wie sehr es wehgetan hat, wie viel Alkohol er gebraucht hat, um den Schmerz zu ertränken. Vor allem wollte ich nicht wissen, wie viele Frauen sich seitdem in seinem Bett befunden haben.

„Wie lange ist das mit dem Hund denn her?"

„Zwei Jahre."

Ach, das kommt mir sehr bekannt vor. Sicher, er war in der Zeit bestimmt kein Mönch und es wird Zeit, dass ich dieses Kopfkino abstelle.

„Und bei dir?"

Ach, das will er nicht wissen. Ich will es nicht mal mehr selber wissen.

„Auch sowas um den Dreh. Zwei Jahre oder so."

Dabei könnte ich es auf die Stunde genau berechnen. Aber vielleicht ist er nicht der Richtige, um das zu besprechen.

„Die große Liebe?"

Benny war meine große Liebe. Zumindest habe ich das immer gedacht. Sogar nachdem er mich betrogen und verlassen hatte, dachte ich, er wäre wirklich meine große Liebe.

„Nein."

Ausgesprochen habe ich es noch nie, aber in den letzten Monaten hat sich genau dieses „Nein" immer mehr bestätigt. Wie kann jemand die große Liebe sein, der einem so sehr wehtut, und dabei noch ein dickes Grinsen im Gesicht trägt? Lukas' Blick scheint auf meinem Gesicht zu haften. Ich will nicht, dass er sieht, wie lange ich damit kämpfen musste. Man weiß erst, dass das Herz noch funktioniert, wenn man einen Moment wie diesen im Schnee mit Lukas erleben durfte. Als Teenager verliebt man sich stündlich, bekommt wöchentlich ein gebrochenes Herz zurück und liebt dann wieder mit voller Kraft. Man hat dieses unbeschreibliche Vertrauen, dass das Herz sich immer wieder aus den zerbrochenen Teilen zusammensetzt, dann weiterschlägt und immer wieder liebt. Je älter man wird, desto schwerer wird es. Als Benny gegangen ist, hatte ich ernste Zweifel. Ich sehe wieder zu Lukas, der mich nicht aus den Augen lässt.

„War sie denn deine große Liebe?"

Wenn er jetzt ja sagt, dann weiß ich nicht, ob ich mein Herz noch einmal zusammensetzen möchte. Aber er schüttelt den Kopf.

„Wenn das die große Liebe war, dann ist die große Liebe echt für den Arsch."

Dann lacht er und irgendwie klingt es befreiend. Ich weiß genau, was er meint. Es tut gut, jemanden zu haben, der all die ätzenden Stunden des Selbstmitleids auch erlebt hat und wieder auf die Beine gekommen ist. Nur deswegen können wir jetzt hier sitzen. Er tastet mit seiner Hand unter der Decke nach meiner und hält sie fest. Das alleine reicht, um Benny und all die anderen Idioten zu vergessen. Eine Stimme in meinem Hinterkopf flüstert zwar, dass auch Lukas morgen wieder weg sein wird, aber vielleicht darf ich ja eine Nacht lang glauben, dass das hier der beste Augenblick in meinem Leben ist. Der Augenblick, von dem ich auch im hohen Alter noch sprechen werde.

„Wieso bist zu zurückgekommen?"

Weil ich dich küssen will. Weil ich Angst habe, dich ab morgen nie mehr zu sehen – und weil ich die Zeit nicht anhalten kann.

„Wegen den Geschenken."

So kann man es natürlich auch ausdrücken. In dem ganzen Tumult vorhin haben wir nämlich vergessen, unsere Geschenke auszutauschen. Weil ich ein ganz kleines bisschen stolz auf mein Geschenk für ihn bin, möchte ich es ihm geben. Unbedingt will ich sein Gesicht sehen.

„Auf zum Weihnachtsbaum!"

Als wir angekommen sind, greift er in seine Tasche und zieht ein verpacktes Geschenk heraus. Es ist so groß wie ein normales Taschenbuch, nur viel dünner.

„Frohe Weihnachten Pippa."

Nach einer kurzen, aber intensiven Suche in meiner Handtasche, ziehe ich endlich auch sein Geschenk heraus. Ich bin noch immer glücklich, es gefunden zu haben. Ich reiche es ihm mit einer feierlichen Geste, die dem Moment angebracht erscheint.

„Fröhliche Weihnachten, Lukas."

Er sieht wie ein aufgeregter Junge aus, der sich ernsthaft über das Geschenk freut.

„Ich hoffe, es ist ein Einhorn."

Dabei zwinkert er mir zu. Sicher, wer will nicht gerne ein Einhorn haben? Bevor ich meines auspacke, beobachte ich ihn. Als Geschenkpapier habe ich schließlich die Frauenzeitschrift benutzt, das imponiert ihm ohne Zweifel. Er reißt es achtlos auf und hält dann inne, als er das kleine schwarze Ledernotizbuch in der Hand hält. Seine Reaktion habe ich mir irgendwie anders erhofft. Kein Jubelschrei, keine Umarmung, nur ein erstaunter Blick. Ich ziehe den Kugelschreiber, den ich als Zusatz dazu gekauft habe, aus meiner Tasche.

„Weil du doch schreibst."

Er sieht mich noch immer an – plötzlich habe ich die Befürchtung, dass meine Idee ein Schuss in den Ofen ist. Vielleicht hat er einen guten Grund, wieso er nicht schreibt, und ich streue wie eine Irre Salz in die Wunde. Ich kenne ihn nicht gut genug, das wird mir gerade schlagartig bewusst. Bevor ich mich für meine Dummheit entschuldigen kann, beugt er sich zu mir und küsst mich. Er küsst mich nicht einfach so. Er küsst mich, während seine Hand an meiner Wange liegt. So bin ich das letzte Mal ... noch nie geküsst worden.

„Vielen Dank!"

Er flüstert es gegen meine Lippen.

„Mit dem größten Vergnügen."

Hätte ich geahnt, dass er so reagieren würde, dann hätte ich auch noch ein ganzes Schreibset dazu gekauft. Ich möchte viel mehr Zeit mit ihm verbringen. Wenn nicht heute, dann vielleicht in der Zukunft. Wie realistisch mein Wunsch ist, weiß ich selber nicht. Aber es ist doch Weihnachten, da gehen Wünsche in Erfüllung. Vielleicht also auch dieser.

„Und jetzt du, pack es aus!"

Beim Einpacken hat er sich nicht so viel Mühe gegeben. Das Geschenk ist in eine kleine Papiertüte gestopft, in der sonst Brötchen liegen. Ich klappe die Lasche der Tüte auf und lasse ein Heft herausgleiten. Es ist also ein dünnes Buch. Nein ... es ist ... ein Reiseführer und eine Serviette.

„Was ist das denn?"

„Ich hatte ja angenommen, dir als Fachfrau würde sich ein Reiseführer als solcher zu erkennen geben."

„Spinner. Ich weiß, was es ist. Ich meinte: was ist das?"

Ich verwirre mich und ihn, aber ich weiß einfach nicht, wie ich erklären soll, wie überrascht ich bin.

„Die Serviette erklärt es vielleicht."

Dort stehen einige Zeilen mit Kuli geschrieben. Er hat es in Eile geschrieben, das kann ich erkennen.

Bewerbung als Reisepartner für Pippa:
Paris – Venedig - New York - Hamburg (!!!) -
Los Angeles – Barcelona – Prag – Rom …
Wir sollten langsam damit anfangen.
Alles Liebe, dein Lukas

Dann lege ich die Serviette weg und schaue mir den Reiseführer etwas genauer an. Das kann nicht wahr sein. Wieder sehe ich ihn an. Er hat die Hand von meiner Schulter genommen, als wolle er mich daran erinnern, dass es mein Moment ist. Ich kann ihn mit ihm teilen, wenn ich will, aber ich muss nicht. Es geht hier nicht um uns oder diese Nacht am Flughafen. Es geht um mich, um meine Dämonen und den Rest der Welt.

„Paris?“

„Ist doch eine aufregende Stadt und da du alleine nicht auf Streifzug gehen willst, würde ich dir gerne die schönsten Plätze zeigen. Irgendwann müssen wir ja anfangen. Deine Liste ist ziemlich lang.“

„Das ist ... ich meine ...“

Ich lasse die Blätter zwischen meine Finger gleiten und mir wird bewusst, wie nah dran ich bin, mich endgültig in ihn zu verlieben. Mir kommt dieser Reiseführer unglaublich vertraut vor. Ich habe ihn bearbeiten dürfen und kenne die meisten Sätze darin auswendig, aber jetzt fühlt es sich ganz anders als bei der Arbeit an. Seit Benny habe ich nur Männer kennen gelernt, die alle nett und charmant waren; aber kurz, bevor ich mein Herz verliere, machen sie etwas ganz furchtbar Dummes, was mich abschreckt. Ich zögere und dann ist es eigentlich vorbei. Jetzt ist es zu spät. Lukas kann nichts Dummes mehr machen. Ich weiß nicht, was ich sagen soll und so greift er nach dem Reiseführer.

„Ich habe mir sechs Stück angesehen, aber dieser hier ist der Beste. Hinten stehen die Hotels und Restaurants, die man nicht auslassen darf, die Sehenswürdigkeiten und natürlich die Geheimtipps von Insidern."

„Ich weiß."

„Oh nein! Du hast diesen Reiseführer bearbeitet?"

„Ja, aber ich nehme es als Kompliment."

Ich lege meine Hand auf seine und er hält kurz inne. Er ist unsicher. Vielleicht hat er ja das falsche Geschenk gekauft oder vielleicht hat er mich gekränkt, weil es Städte sind, die ich nicht sehen werde. Aber so ist es nicht. Ich lächele ihn an und erkenne ein kleines Licht in seinen Augen. Wenn Menschen mit den Augen lächeln können, dann ist das so wunderbar. Ich kann mir dann sicher sein, dass dieser Mensch lebt. Er hat eine Seele. Das klingt idiotisch, aber so ist es doch. Ich muss spüren, dass es etwas gibt, was man mit jeder Faser seines Körpers entdecken will. So ein Gefühl habe ich jetzt. Genau in diesem Augenblick.

„So etwas hat noch nie jemand für mich gemacht."

Er beugt sich etwas näher zu mir rüber und sein Lächeln wird etwas sanfter. Ich spüre ihn ganz nah, wie er durch mein Haar an mein Ohr flüstert.

„Dann hat noch nie jemand so genau hingesehen. Jeder, der an dir vorbeigelaufen ist, muss blind sein. Ich bin froh darüber, weil ich meine Chance nicht verpassen will."

Ich schließe kurz die Augen. Diese Gänsehaut muss ich genießen. Ich überlege mir kurz, ob Lukas echt ist. Auf jeden Fall werde ich ihn eine kleine Weile für mich behalten, denn wenn ich es ausgesprochen habe, kann ich es nicht mehr zurücknehmen. Dann werden andere einen Teil von meiner Erinnerung an Lukas in Anspruch nehmen. Ich muss meine Gefühle, Gedanken und Erinnerungen mit irgendjemand teilen. Das wäre ja alles nicht so schlimm, aber noch immer bin ich mir nicht sicher, ob ich ihn jemals wiedersehen werde.

„Ich freue mich auf Paris."

Wir verbringen eine ganze Weile damit, den Reiseführer zu durchblättern. Bei bestimmten Fotos und Berichten halten wir an, um uns Gedanken zu machen, in welcher Reihenfolge wir welche Plätze besuchen wollen. Er erzählt mir auch, dass er ein bisschen Französisch sprechen kann. Es reicht zumindest, um nicht völlig ahnungslos von Museum zu Museum zu stolpern. Paris ist mir plötzlich so unheimlich wichtig, dass ich es auch zu schaffen glaube: ich werde diese Stadt sehen! Dieses Gefühl hatte ich bisher noch nie.

Eine festliche Stimmung scheint sich auf den gesamten Flughafen auszubreiten. Sogar die wenigen, die noch meckernd an den Schaltern standen oder um schnelle Hilfe bettelten, sitzen inzwischen irgendwo in Decken gehüllt; einige telefonieren mit ihren Lieben daheim oder nehmen dankend die warmen Getränke an, die kostenlos verteilt werden. Ich lehne an Lukas' Schulter, genieße seine Nähe und kämpfe gegen die Müdigkeit an. Nicht einschlafen, Pippa. Nicht jetzt. Aber es wird immer später und früher oder später, werde ich den Kampf gegen die Müdigkeit ja doch verlieren.

Lukas zieht einen dicken Wälzer heraus, welches ich vorhin schon mal gesehen habe. Meine Telefonnummer steht auf der ersten Seite des Buches.

„Was wird das? Tobias Hobbit liest ausgewählte Stücke aus J.R.R. Tolkiens *Herr der Ringe*?"

„Du willst es doch auch."

Er scheint eine ganz bestimmte Stelle zu suchen. Ich habe *Herr der Ringe* aufgegeben, weil mir die Texte zu schwer waren. Außerdem fällt es mir schwer, mich in die imaginäre Welt von Mittelerde zu versetzen. Gott lobe eine einfache Galaxie mit verschiedenen Planeten wie Endor, Hoth oder Tatooine. George Lucas, der hat es wirklich drauf.

Trotzdem lehne ich mich zurück, werfe die Decke über meine Beine und höre ihm zu. Zuerst versuche ich mich einfach nur auf seine Stimme zu konzentrieren, aber dann merke ich, dass es die Wörter sind, die mich wirklich berühren. Ich bin ja der festen Überzeugung, dass ich ein leichtes Opfer bin. Für einfach alles. Ich war und bin noch immer ein ganz großer *Take That*-Fan. Ich bin dazu fähig, in der Tankstelle länger bei den Zeitschriften zu suchen, nur weil „Back for good" im Radio läuft. Ich tanze in der Disco ganz ekstatisch zu „Relight my fire". Und wenn Robbie im TV auftaucht, dann vergesse ich alles. Ich bin so leicht zu begeistern und dann werde ich zum Fan. Ich lese alles über die Sänger, die Regisseure oder die Autoren. Mein Fan-Herz muss nur erobert werden und schon bin ich eine treue Seele. *Star Wars* hat an meinem vierten Geburtstag mein Leben verändert. Alles hat sich von dem Tag an verändert. Ich glaubte nicht mehr an den Weihnachtsmann, aber Jedi-Ritter gab es! Worauf ich hinaus will, fragen Sie sich? Na, Tolkien! Ich habe angefangen, ihn zu mögen. Ich höre mir an, wie ein kleiner Hobbit mit Namen Frodo plötzlich auf einen großen Kerl trifft, der sich Streicher nennt. Ich höre Lukas eine ganze Weile zu. So müsste die Welt für immer sein. Ich hier, an seine Schulter gelehnt – Kord fühlt sich wirklich gut an – er liest mir aus Tolkiens Werk vor und wir streiten über *Star Wars*. Das wäre der perfekte Sonntag. Und wer weiß, vielleicht wird er eines Tages bei mir auf der Couch in Freiburg liegen, und wir reden über *Herr der Ringe* und das Leben an sich. Dann legt er das Buch weg und sieht mich an. Ich befürchte, er kann es in meinen Augen sehen. Ja, ich mag Tolkien, ich mag *Herr der Ringe* – und wenn er aus dem Telefonbuch vorlesen würde, könnte ich mich sogar dafür begeistern.

„Hast du den Film gesehen?"

Natürlich habe ich das nicht. Immerhin hat es mich nicht interessiert. Also bleibt mir nichts anderes übrig, als den Kopf zu schütteln und möglichst schuldbewusst zu wirken.

„Tu mir den Gefallen und lese zuerst das Buch!"

„Hast du denn den Film schon gesehen?"

Energisches Nicken. Klar, er ist ja ein Tolkien-Jünger. Er war vermutlich sogar in der Vorpremiere. Ich habe Episode I auch vor allen anderen gesehen! Zumindest rede ich mir das ein. Fast bin ich davon überzeugt.

„Er ist brillant. Ich will deinen George Lucas nicht angreifen, aber der Film ist so gewaltig, dass du von den Bildern einfach überrollt wirst! Wahnsinn!"

„Verstehe, ich soll zuerst das Buch lesen und mir dann den Film ansehen?"

Er klappt das Buch zu und reicht es mir. Etwas verwirrt nehme ich es an. Er schenkt mir seine Bibel? Er will sie mir geben? Das muss Liebe sein.

„Für mich?“

„Nur eine Leihgabe! Ich werde es mir wiederholen. Wenn du es fertig gelesen hast, den Film gesehen und begeistert bist!“

Ich muss grinsen und sehe ihn zweifelnd an. Aber so leidenschaftlich, wie er für Mittelerde die Werbetrommel rührt, will ich ihm diese Chance geben.

„Also gut, aber eine Frage habe ich!“

Verdammt. Ich kann mich nicht daran erinnern, dass mich jemals ein Mann in weniger als einer Stunde zu einem Fan gemacht hat. Weder von einem Buch, noch von sich. Und hier ist Lukas, der aus dem Nichts kam und alles durcheinander wirbelt.

„Was passiert mit Arwen und Aragorn?“

„Es ist Liebe. Eben *die* Liebe!“

Er lächelt und ich liebe dieses Lächeln. So sehr, dass es fast schon wehtut. Wehtut deswegen, weil ich genau weiß, dass ich es morgen nicht mehr sehen werde. Aber ich bin trotzdem glücklich. Ich habe etwas bei mir, das ihm viel bedeutet. Und ich weiß, dass er es sich wieder holt. Er mag vielleicht nur Produktbeschreibungen verfassen, aber er ist verliebt in die Literatur.

„Soll ich noch mal versuchen, ein paar Sandwiches zu ergattern?"

„Würdest du das tun? Du würdest dich auf so eine gefährliche Reise einlassen, nur um mir ein Sandwich zu besorgen?"

„Für dich würde ich auch einen Burger aus Mordor besorgen."

Mit einem Augenzwinkern steht er auf und zieht mit seiner Mission davon. Ich neige ja bekanntlich dazu, mein Leben mit bestimmten Szenarien aus berühmten Filmen oder Büchern zu vergleichen. Bisher habe ich immer nach einem Han Solo gesucht, der mit mir durch meine kleine, bizarre Galaxie fliegt. Ich habe einen Mann gesucht, mit dem ich jeder Zeit den Hyperraum betreten und mit Lichtgeschwindigkeit durch das Universum sausen kann, ohne die Realität zu beachten. Aber Lukas ist gar kein Typ für den Hyperraum. Zu viel *Star Wars* für Ihren Geschmack? Tut mir Leid, aber jetzt wissen Sie, wieso die meisten mich schrullig nennen. Ich nehme an, sie haben Recht. Aber vielleicht tritt jetzt etwas Neues in mein Leben – und vielleicht ist es Lukas, mein Aragorn.

Das Sandwich schmeckt nicht so, wie ich es mir erhofft habe, aber man nimmt in Situationen wie diesen so ziemlich alles hin. Es ist kalt, es ist spät und so richtig glücklich ist vermutlich niemand hier. Außer mir und Lukas, aber sonst sehe ich keine Gesichter, die darauf schließen lassen, dass sie innerlich so zufrieden sind. Habe ich schon einmal erwähnt, dass es schön ist, wenn es anderen nicht so gut geht und einem selbst schon? Ja, das klingt gemein und billig, aber so meine ich es nicht. Es ist eher so, dass ich zu Beginn dieses Tages davon ausgegangen bin, hier grausam zu verenden. Ich war alleine und hatte nicht mal ein gutes Buch, welches mein Elend hätte mindern können. Jetzt, einige Stunden und eine warme Dusche später, kann ich es noch immer nicht ganz glauben, aber so ist es nun mal. Ich bin hier, an einem wunderbaren Weihnachten, mit Lukas, meinem neuen und privaten Helden. Nicht, weil ich inzwischen in seiner Kordjacke eingewickelt liege und mein Sandwich verputze, sondern weil er hier geblieben ist. Er ist seit langem der erste, den ich treffe, und der sich ehrlich freut, mich zu sehen. Hamburg. Bestimmt eine tolle Stadt, vor allem, wenn da die Familie wartet. Und was macht er? Er sitzt neben mir in einer dünnen Jeansjacke, einen Teil der Decke über den Knien und eine Tasse Kaffee in der Hand. So hat er sich diesen Abend bestimmt nicht vorgestellt – und trotzdem lächelt er.

„Was glaubst du? Was kriegst du dieses Jahr von deinen Eltern? Hast du große Wünsche gehabt?"

Ja, eigentlich hatte ich die, aber sie jetzt laut auszusprechen, kommt mir blöd vor. Er will aber nicht locker lassen und sieht mich von der Seite an. Gott, immer diese peinlichen Situationen

„Ich wollte meinen Ex-Freund endlich vergessen."

„Und hat es geklappt?"

Ich nicke. Alle Dinge, die mir die Kehle zugeschnürt haben, sind einfach so weg. Als hätte ich sie in einem anderen Leben erlebt, als wären es nur dunkle Erinnerungen an Tage, die so weit hinter mir liegen. Lukas küsst meine Stirn.

„Ich habe deinen Wunschzettel gelesen."

Dann esse ich weiter, während er mich ansieht. Ich mag diesen Blick nicht. Also, ich mag ihn schon, aber er macht mich nervös. Ich bin es nicht gewöhnt, so angesehen zu werden. Das ist ein bisschen, wie wenn man auf jemanden wartet. Im Lokal. Blind-Date oder so. Die Tür geht auf, ein süßer Kerl tritt ein und sieht sich um. Dann, plötzlich, sein Blick trifft dich. Du willst schon aufstehen und etwas sagen ... dieser Blick ist der Hammer! Er kommt auf dich zu, du kannst dein Glück kaum fassen und – *päng!* – ist er an dir vorbei und nimmt neben der blondierten Schönheit hinter dir Platz. Aus der Traum. Aber diesmal gibt es die blondierte Schönheit am Nebentisch nicht. Dieser Blick gilt mir alleine und das macht mir Angst. Es fühlt sich toll ab, aber man hat Angst, dass alles nur ein Traum oder eine dumme Wette ist. Vielleicht hat er ja um zehn Euro gewettet, dass er es einen ganzen Abend an der Seite der schrulligsten Schreckschraube vom ganzen Flughafen aushält. Das wäre doch mal nett.

„Möchtest du etwas sagen?"

„Ich finde nur, du solltest reisen."

„Wieso findest du das?"

„Weil die Welt erobert werden will."

„Vielleicht bin ich keine gute Eroberin?"

„Doch. Doch das bist du."

„Wenn du willst, dass ich reise, musst du schreiben."

Er nickt und zieht das kleine Notizbuch hervor. Der Stift tanzt geradezu über das Papier, als würde es ihm keine Mühe bereiten. Ohne Pause und ohne nachzudenken, schreibt er Wort auf Wort nieder. Sein Gesicht ist konzentriert, sein Blick verrät, wie sehr er in einer anderen Welt versunken ist. Da will man nicht stören, ich schon gar nicht. Zusammengerollt und in seine Jacke gekuschelt mache ich es mir gemütlich und beobachte ihn, bis ich meine Augen schließe. Nur für einen kurzen Moment ... Gott, ich bin müde ... Es ist schön hier an seiner Schulter zu lehnen. Ich könnte sofort einschlafen. Das Sandwich hat mich müde gemacht und ich finde seine Jacke so kuschelig wie mein eigenes Bett zu Hause in Freiburg. Wie das bei mir immer so ist, schlafe ich in den besten Momenten ein. Wie damals, als ich zusammen mit Freunden diese Video-Abende veranstaltet habe. Den besten Film wollten wir uns bis zum Schluss aufheben. Aber genau den haben wir uns natürlich um drei Uhr angesehen. Ich habe das Ende immer verschlafen. Pech, nicht wahr? Deswegen bin ich mir auch ziemlich sicher, dass alles nur ein schöner Traum gewesen ist, als ich langsam die Augen wieder öffne und mich umsehe. Er ist weg.

Kapitel 6

Kennen Sie auch diese Träume? Es ist so verdammt real, dass man sich völlig sicher ist: es muss Realität sein. Channing Tatum hat sich so toll mit mir unterhalten. Er hat so nett gelächelt und als er nach meiner Hand griff, konnte ich wirklich seine Haut spüren. Ja, dann wacht man auf und er liegt nicht neben einem. Er ist nicht mal im selben Land. Es war ein Traum. Natürlich nicht alles. Die Großfamilie liegt um mich verstreut, irgendwo wird diese blöde Ziege in ihrer schicken Uniform sitzen und Sandwiches verteilen – und ich? Ich sitze hier, nicht in Berlin, und ich bin mir ganz sicher, dass sich, bevor meine Augen zufielen, ein süßer Kerl in meiner Nähe befunden hat. Lukas hieß er. Jetzt ist er weg. Nein, er ist nicht weg. Er war nie da. Das ist das Problem, wenn man eine so wunderbare Fantasie hat. Ich könnte vermutlich sehr erfolgreich Kitsch-Romane schreiben, wenn mein Selbstbewusstsein nur ein bisschen größer wäre.

Ich richte mich auf und ziehe die Kordjacke etwas enger um meinen Körper. Kordjacke? Wie schnell ich wach werden kann, ist doch immer wieder erstaunlich. Woher zum Teufel soll ich eine Kordjacke haben, wenn nicht von dem süßen Kerl namens Lukas? Aber so sehr ich mich anstrenge und mich umsehe, ich kann ihn nicht entdecken. Er ist nicht hier. Vielleicht ist er nur kurz aufs Klo? Oder was essen? Was trinken? Wie viel Uhr haben wir es denn? Kurz vor sechs. Ja, ich merke, dass ich nicht sehr lange geschlafen habe. Ich fühle mich, als ob mich jemand getoastet hätte. Oder als wäre ich in ein Waffeleisen gepresst worden. Mein Gott, diese Schlafposition ist ausgesprochen unbequem. Ich freue mich auf ein richtiges Bett mit echten Kissen, aber ich möchte ungern diese Jacke zurückgeben. Ganz ehrlich. Ich würde diesen Kerl mit einer dünnen Jeansjacke bis nach Hamburg schicken, nur weil ich diesen Geruch vermissen werde, und zwar von dem Moment an, wenn ich ins Flugzeug steige. Ich stopfe meine Hände in die Jackentasche und stoße auf irgendetwas aus Plastik. Es rutscht zwischen meine Finger und ich ziehe es heraus. Aha ... ein Lippenpflegestift. Stimmt, als wir uns geküsst haben, hätte ich merken müssen, dass er Lippenbalsam benutzt. Keine Frage. Ich schraube den Deckel ab und rieche daran: Erdbeere. Ich muss lächeln, sofort sind die Erinnerungen an unseren ersten Kuss wieder da. Sehr lebendig schieben sich die Bilder von uns im Schnee wieder vor mein inneres Auge.

Gestern war heute noch morgen früh. Aber jetzt wache ich auf und der Tag beginnt mit einem Abschied. Jetzt ist es kurz vor sechs und es ist schon früh morgens. Ich habe wirklich Angst vor dem Abschied. Ich habe noch nie zuvor jemanden getroffen, in den ich mich so schnell und so sehr verliebt habe. Sogar bei Benny hat es ganze vier Wochen gedauert, bis ich wusste, er ist der Richtige. Wie wir inzwischen wissen, war er nicht der Richtige. Lukas ist in mein Leben gestolpert und jetzt fliegt er wieder davon. Kennt jemand einen guten Regisseur, der mir ein Happy-End inszenieren könnte?

Da bekomme ich über Nacht diesen Menschen geschenkt, den ich am Abschluss meines Tages anrufen will, um ihm gute Nacht zu wünschen. Wenn man sich dessen nicht bewusst ist, vermisst man natürlich nichts. Aber jetzt weiß ich, dass es Lukas gibt. Es sind immer die Kleinigkeiten, die einem auffallen. Wie er mit den Fingern knackt, wenn er nervös ist. Wie er seine Brille auf der Nase in die richtige Position bringt, wie er lächelt und sich diese Grübchen bilden, und wie er sich mit einer flüchtigen Bewegung die Haare aus der Stirn streicht. Er hat mir meine Taschen getragen. Er hat mich in ein warmes Hotelzimmer gebracht, ohne Anspruch darauf zu erheben, auch einen Platz in dem Bett zu finden. Er hat mir eine Cola geschickt und aus dem Buch *Herr der Ringe* vorgelesen. Ich trage seine Jacke und habe die Decke um mich gewickelt, die er bekommen hat. Jetzt ist er irgendwo, seine Tasche noch immer auf dem Wagen vor mir. Er wird wieder kommen aber auch wieder gehen. Ich werde ihn wirklich vermissen, weil ich mich verliebt habe. Natürlich, sowas ist Ihnen ja noch nie passiert. Mir etwa? Machen Sie Witze? Ich habe doch auch nicht geglaubt, dass so etwas passieren kann – und jetzt sitze ich hier, mitten in einem Weihnachtsmärchen.

„Guten Morgen."

Ich sehe überrascht auf, obwohl ich ganz genau weiß, wer es ist und ich nur darauf gewartet habe, ihn zu sehen.

„Guten Morgen. Ich hab schon gedacht, du hättest deine Fluchtmöglichkeit genutzt."

„Hätte ich auch fast. Aber ich musste noch schnell was erledigen."

Er nimmt wieder neben mir Platz und legt direkt den Arm um mich. Ich kuschele mich wieder an seine Seite.

„Musstest du deine Frau anrufen und erklären, wieso du später kommst?"

„Genau. Wollte meinen Töchtern noch schnell frohe Weihnachten wünschen."

„Das dachte ich mir."

„Ich musste doch Frühstück organisieren."

Er hat eine kleine Tüte mit Croissants und Schoko-Muffins dabei. Dazu zwei Becher mit Milchkaffee. Ist dieser Mann vielleicht zu gut, um wahr zu sein?

„Ich wollte ein französisches Frühstück organisieren. Als Einstimmung."

„Aber ... das ..."

„ ... war nicht nötig. Natürlich nicht. Aber ich wollte es einfach."

Mein erstes Frühstück mit Lukas. Zum ersten Mal zusammen aufwachen. Zum ersten Mal wissen, wie er seinen Kaffee trinkt. Zum ersten Mal den Tag mit ihm beginnen. Zum ersten Mal oder zum letzten Mal? Er küsst sanft meine Wange und bringt wieder etwas Ordnung in meine Frisur. Ich muss schrecklich aussehen.

Ob Sandra Bullock auch so aussieht, wenn sie morgens in den Spiegel sieht? Ich bin mir nicht sicher. Und Julia Roberts? Ganz sicher nicht. Aber ich bin eben nun mal Pippa, nicht Sandra oder Julia.

„Du bist übrigens wunderschön, weißt du?"

Offenbar sieht Lukas das anders. Er will weder Julia noch Sandra. Er will mich und ich beiße mir auf die Innenseite meiner Backen, um sicher zu gehen, dass das alles hier kein Traum ist.

„Der Flug Stuttgart-Berlin geht um 9.45 Uhr nach Verspätung. Wir bitten nochmals um Verzeihung ..."

Diese Durchsage erreicht uns in dem Buchladen, wo wir uns kurze Passagen aus Büchern mit schrecklichen Titeln vorlesen. Der schlechteste Text gewinnt. Es ist kurz nach acht und wir wissen beide, bald heißt es Abschied nehmen. Wir waren wieder mal Pfadfinder und haben der Großfamilie unseren Gepäckwagen überlassen. Es hat sich fast so angefühlt, als würden wir ein liebgewonnenes Haustier abgeben müssen. Aber wir haben keine Verwendung mehr dafür, bald gehen unsere Flüge und es wird Zeit, sich dessen bewußt zu werden.

Na ja, wie auch immer, jetzt sind wir hier und wissen beide, dass unsere Zeit abläuft. Sein Flug nach Hamburg geht erst um kurz nach zwölf, was bedeutet, dass er noch eine ganze Weile hier am Flughafen warten muss, während ich schon weg sein werde. Ja, ich bin dann vermutlich schon in Berlin und er ist noch immer in Stuttgart. Obwohl ich mich freue, meine Eltern zu sehen (die ich immer noch nicht angerufen habe), will ich nicht an den Abschied denken. In der letzten halben Stunde haben wir auch kaum noch gesprochen. Ich trage noch immer seine Jacke.

„Bist du sicher, dass du hier alleine warten willst?"

„Klar. Mach dir keine Sorgen."

„Ich mache mir keine Sorgen."

Was natürlich gelogen ist. Ich werde mir den Kopf darüber zerbrechen, was er wohl jetzt gerade macht, wie es ihm geht, ob er an mich denkt. Ich will nur noch diesen Flug überleben. In Berlin wird es dann einfacher, weil ich meine Mutter umarmen und etwas Gutes essen kann. Natürlich verheimliche ich meine Beziehung zu Lukas zunächst einmal. Klingt das nicht toll? Eine Beziehung. Eigentlich ziehe ich an Stellen wie diesen die Notbremse und wehre mich gegen ernste Gefühle, aber mein Herz ist viel zu laut.

„Weißt du schon, wo du Silvester feiern wirst?"

„In Freiburg mit einem Tischfeuerwerk, glaube ich. Und du?"

„Weiß ich noch nicht."

Ich kann mir nur vage vorstellen, wie viele Facebook-Event-Einladungen er über das Jahr verteilt erhält, aber zum Jahresende sind es bestimmt dreimal so viele wie ohnehin schon. Jeder möchte mit einem Mann wie ihm ins neue Jahr rutschen, das kann ich niemanden übel nehmen.

Er nimmt noch ein Buch mit schrecklichem Cover aus dem Regal vor uns. Wir schütteln beide den Kopf und Lukas stellt es schnell zurück an seinen Platz. Ich komme mir vor, wie in einem dieser John-Hughes-Filme aus den 80er Jahren mit Andrew McCarthy oder Judd Nelson. *The Breakfast Club* oder so.

„Du muss unbedingt *Herr der Ringe* lesen, das hast du mir versprochen.

„Aber du musst mir unbedingt diese Geschichte schicken, an der du schreibst."

„Wird gemacht."

Immerhin ist genau diese Geschichte die Bedingung für einen Flug in die Stadt der Liebe.

„Vielleicht steht ja bald dein Buch hier."

Er sieht sich in der Abteilung um und zuckt die Schultern. An einen Erfolg als Schriftsteller scheint er nicht zu glauben, aber das muss er auch nicht. Das übernehme ich schon für ihn.

„Wirst du mich anrufen?"

Wenn mein Mund manchmal mehr auf meinen Kopf und weniger auf mein Herz hören würde, müsste ich jetzt nicht rot anlaufen. Aber zu spät, die Frage ist schon gestellt. Das habe ich mich nämlich die ganze Zeit heimlich gefragt und wollte es eigentlich auch nicht aussprechen, aber jetzt konnte ich es nicht ein weiteres Mal runterschlucken. Er sieht mich an. Kein Lächeln, kein Grinsen. Nur seine Augen.

„Was denkst du denn?"

Meine Gedanken überschlagen sich, aber ich lasse die Frage im Raum stehen und entscheide mich für die Antwort meines Herzens, nicht meines Kopfes.

***

Wir schlurfen zusammen Richtung Abflug-Gate. Er trägt meine Tasche und ich muss an seine Sportverletzung denken, die Schulter. Aber er wehrt mein Angebot einfach ab, auch etwas zu übernehmen. Er würde das schon schaffen. Ich trage nur meinen Rucksack. Mit jedem Schritt, den ich vorwärts gehe, wird mir schlechter. Und das hat ganz sicher nichts mit dem Muffin zu tun. Ich erspähe aus dem Augenwinkel auch wieder die Tussi am Schalter. Obwohl ich sie gerne angrinsen würde, bleibt mein Gesicht regungslos. Ich werde fliegen. Weg von hier und Lukas. Er stellt meine Taschen auf den Boden und sieht mich an. Ich muss wirklich los. Wir haben den Abschied bis zum letzten Moment hinausgezögert. Jetzt wünschte ich mir, wir hätten früher damit angefangen, dann hätte ich jetzt nicht so viel zu sagen. Zuerst reiche ich ihm seine Jacke, die er über die Jeansjacke zieht. Alles dreht sich in meinem Kopf. Er spielt wieder mit seiner Brille und lässt die Finger knacken. Ich trete von einem Bein aufs andere und überlege mir, welcher Film die schönste Abschieds-Szene hat. Ich will einfach wirklich etwas besonders für einen solchen Tag. Doch jetzt greift er einfach nach meinen Händen und zieht mich ein kleines Stück näher an sich heran.

„Kennst du das ... Menschen, die sind schon seit Ewigkeiten Teil deines Lebens, aber man wird nie einen Kreis mit ihnen bilden? Ich meine, man wird nie etwas Ganzes ergeben. Und dann wiederum ... andere Menschen, die trifft man einmal und weiß: es passt! Es ist rund, wie ein Ring. Weißt du, was ich sagen will? Ich hoffe es nämlich, weil ich keine Ahnung habe, was ich da eigentlich gerade von mir gebe."

Ich fahre ihm kurz über die Wange und gebe ihm somit zu verstehen, dass ich ganz genau weiß, wie er sich fühlt.

„Ich weiß nur, dass ich dich wiedersehen will, Lukas. Weißt du auch wieso?"

Er schüttelt schüchtern den Kopf.

„Weil du mit dem Feuerzeug meine Colaflasche aufgemacht hast, weil du mir deine Jacke gegeben hast, weil du mir ein Sandwich geholt hast, weil du zurückgekommen bist und weil du nach Erdbeere schmeckst."

Er lacht kurz und ich lächele. Ausgesprochen klingen so viele Dinge blöd, aber in meinem Kopf ergeben sie Sinn. In meinem Herzen klingen sie sogar wunderschön. Deswegen sind sie ja so herrlich schön, weil es die Kleinigkeiten sind. Andere verdrehen die Augen, wenn du erzählst, dass dein Freund nach Erdbeere schmeckt – aber du selbst bekommst Herzrasen, wenn du nur daran denkst.

„Weil du mich nach Paris bringen willst."

„Das werde ich auch! Weißt du, wieso ich mir ganz sicher bin? Weil du so unbeholfen gewirkt hast und es gar nicht bist, weil du alles alleine kannst, es aber nicht glauben willst, weil du *Star Wars* Fan bist, weil ich dich küssen durfte und eine wahnsinnige Angst hatte. Wirklich. Ich habe gedacht ich sterbe da draußen im Schnee. Wenn du da nein gesagt hättest, dann wäre ich ein kompletter Idiot gewesen. Aber du hast mich dich küssen lassen."

„Ich habe erst einmal bis zehn zählen müssen, bevor ich ja gesagt habe."

„Ich habe bis tausend gezählt, bevor ich den Mut hatte. Ich glaube, ich habe mich verliebt."

Das klingt komisch: er hat sich verliebt. In wen? In mich? Das glaubt mir doch kein Mensch. Das erlebt man doch nie. Das läuft in Kinos oder steht in den Büchern, die es auf die Bestsellerlisten schaffen, aber ich erlebe es gerade! Das ist unglaublich. Unglaublich schön. Das Beste an dieser Geschichte: er ist kein Vampir oder Werwolf oder sonst eine absurde Kreatur. Er ist Lukas.

„Muss ich wieder bis tausend zählen?"

Wir sehen uns einen kurzen Moment an. Nichts existiert mehr, alles verschwindet. Für mich gibt es nur noch ihn. Wenn das Herz zerspringen will und am ganzen Körper Gänsehaut entsteht, dann ist man verliebt. Das habe ich früher immer geglaubt und jetzt weiß ich, dass es wahr ist. Er beugt sich etwas zu mir runter und küsst erst meine Wange, dann meine Lippen. Ich werde in meinem ganzen Leben nie wieder Erdbeeren essen können oder auch nur riechen, ohne an ihn zu denken. Es fühlt sich an, als würde er mich mitnehmen, weg von hier. Ich spüre, wie sich der Boden unter meinen Füßen aufzulösen scheint, und ich das Gefühl habe, mich an ihm festhalten zu müssen, weil ich sonst mein Gleichgewicht verliere. Wir stehen da, eng umschlungen – und küssen uns. Ich will ihn nicht loslassen, er mich auch nicht. Seine Hand liegt auf meiner Wange, ich spüre seine Haut ganz nah an meiner und bin mir für den Bruchteil einer Sekunde sicher, dass mir nie wieder kalt sein kann. Diese Wärme kommt von innen. Wir verlassen diesen Flughafen, springen zusammen durch den Hyperraum und landen in Lichtgeschwindigkeit irgendwo in Mittelerde.

Wir lösen uns nur zögerlich voneinander und spüren die Blicke der anderen. Lukas grinst frech.

„Das wird nicht reichen, bis wir uns wiedersehen."

„Ich muss los."

„Komm gut nach Hause, *E.T.*"

„Bis bald, Elliott."

Als ich in den Sitz gedrückt werde und der Flieger vom Boden abhebt, will ich lachen und weinen zugleich. Bis zum gestrigen Tag war ich mir sicher, dass mein Leben an Langeweile nicht zu übertrumpfen ist – aber jetzt lehne ich mich entspannt zurück, spüre das große Lächeln in meinem Gesicht und schließe die Augen. Wie verrückt das Leben auch manchmal ist, wie oft es dir auch mit voller Wucht ins Gesicht schlägt, es schenkt dir auch immer wieder solche Momente. Irgendwo über den Wolken weiß ich genau: ich habe mein Herz bei Lukas gelassen.

Um mich von der anrollenden Welle der Emotionen abzulenken, greife ich in meine Tasche und ziehe ein Buch heraus: Lukas' Buch. Ich gebe es zu, ich bin gespannt wie die Geschichte um die Gruppe der Hobbits ausgehen mag. Meine Handschrift führt zu einer abrupten Bruchlandung meiner Gefühle. Ich starre auf meine Telefonnummer auf der ersten Seite des Buches, dort wo ich sie hingeschmiert habe. Ich erkenne meine typische geschwungene Neun und meine dickbäuchige Acht. Ich bin eine Idiotin! Wieso habe ich nicht geschaltet, als er mir sein Buch gegeben hat? Mein erster Impuls ist es, den Piloten zu einem Rückflug zu überreden. Vielleicht würde er es verstehen, wenn ich ihm erkläre, dass er unbedingt wenden müsste, weil meine neue Liebe ohne meine Nummer in Stuttgart sitzt. Kennt er meinen Nachnamen? Habe ich ihm jemals meinen vollen Namen genannt? Schlimmer noch, weiß ich wie er heißt? Lukas ... Lukas aus Hamburg. Verdammt! Ich hätte ihn fragen müssen, hätte mir seinen Ausweis zeigen lassen und eine Kopie des polizeilichen Führungszeugnisses ausstellen lassen müssen. Ganz toll, Pippa, wirklich großartig. Da schenkt man dir einen Weihnachtsengel und du bist zu dumm, um seinen Namen, seine Telefonnummer oder seine Adresse zu erfragen. Sicher, ich kann beschreiben, wie sich seine Schulter anfühlt und wie er riecht – aber ich habe keine Ahnung, wie er heißt und wie um alles in der Welt ich ihn erreichen soll.

Es fehlt doch nur noch, dass dieses Flugzeug abstürzt, ausbrennt und man meine Leiche nie identifizieren wird. Somit würde Lukas niemals erfahren, was mit mir passiert ist. Das ist wirklich eine überaus bescheuerte Art und Weise, diese Geschichte enden zu lassen. Wo ist die Rettung, die aus dem Nichts kommt? Wo ist das verdiente Happy End, wenn man es sich wünscht. Mir schießen die Tränen in die Augen. Pippa Wunsch, du Dussel!

***

Die Feiertage laufen einfach so an mir vorbei. Meine Familie merkt nicht, dass ich in meinem Inneren zerbrochen bin. Zwar lasse ich mir den Braten schmecken und lache ein bisschen über die albernen Witze meines Bruders. Auch beobachte ich einmal mehr fasziniert, dass eine Frau wie *das Tier* einen Mann wie meinen Bruder beeindrucken kann. Aber ich nehme nicht am Leben teil. Ich fahre auf Autopilot durch den Tag und drücke mein Gesicht nachts in mein Kissen. Paris kann ich mir ebenso abschminken wie die Hoffnung, ihm eines Tags durch Zufall wieder über den Weg zu laufen.

Alle Versuche, ihn bei Facebook zu finden, haben nicht gefruchtet. Lukas! Es gibt unendlich viele Personen mit dem Namen Lukas in Hamburg, und keiner sieht meinem Lukas auch nur im entferntesten ähnlich. Die wenigen ohne klar definierbares Profilfoto habe ich angeschrieben – und keine oder die falsche Antwort bekommen. In Stuttgart am Flughafen war leider niemand an Weihnachten. So schnell verliert man den potenziellen Traumprinzen. So etwas kann auch nur mir passieren.

Kapitel 7

Freiburg hat sich nicht verändert. Ich finde alles genauso vor, wie ich es verlassen habe. Niemand hat in meiner Abwesenheit meine Bude ausgeräumt, das ist gut. Leider hat auch niemand die Zeit genutzt, um mal richtig aufzuräumen. Mein Bett, meine Couch, meine Küche und mein Schreibtisch: alles sieht aus wie immer. Es hat etwas Beruhigendes zu wissen, dass sich manche Dinge nicht ändern. Wie tief ich auch fallen mag, meine Wohnung ist immer da um mich wieder aufzubauen. Tröstlich zu sehen, dass man auch mit einem durch emotionale Bruchlandung gebrochenen Herzen weitermachen kann.

Auf meinem AB habe ich Nachrichten von ein paar Freunden, die alle fragen, was ich an Silvester mache, oder ob ich nicht Lust hätte, mit ihnen zu feiern. Aber mir ist nicht nach einer großen Party. Ganz im Gegenteil, ich würde mich gerne einmauern, die Rollos zuziehen und am besten nie wieder öffnen müssen. Aber das wird mir vermutlich nicht gelingen. Alle fragen und wollen wissen, was ich mache, wie Weihnachten war und wieso ich mich nicht gemeldet habe. Aber ich habe keine Antwort. Ich könnte ihnen von Lukas erzählen oder aber ich behalte diese kleine Anekdote für mich. Dann kann ich mich einfach an sie erinnern, wenn es mir schlecht geht. Sie wie eine schöne Decke über meinen Kopf ziehen und es mir dann gut gehen lassen. Wenn ich ihnen von Lukas erzähle, dann wissen alle wie es war, als mir durch meine eigene Dummheit das Herz gebrochen wurde. Nein, diesen Triumph werde ich ihnen nicht geben, denn ich selber verfluche mich schon genug für diesen Umstand. Das Leben ist in den paar Tagen nach meinem Treffen mit Lukas nicht besser geworden. Es ist auch nicht schlechter geworden, es ist nur irgendwie farblos. Das reicht auch, um jemanden langsam aber sicher in den Wahnsinn zu treiben. Vielleicht nehme ich das alles auch zu schwer, aber er fehlt mir. Ich kannte ihn kaum einen Tag und doch hat er einen großen Raum in meinem Herzen eingenommen. Ich habe zugelassen, dass ich mich wieder verliebe und mich dabei wohl fühle. Und jetzt ist er weg und hat das Gefühl, dass ich ihn vermisse, bei mir gelassen. Ob er sich noch an mich erinnert? Ob er noch an mich denkt? Ich könnte Ihnen zweihundert weitere Versionen von „Ob er ...“ anbieten, aber ich erspare es Ihnen. Es gibt keinen Grund, noch mehr Salz in meine ohnehin sehr langsam heilende Wunde zu streuen. Da leben wir in einer Welt voller Sendungen wie *Bauer sucht Frau* oder *Schwiegertochter gesucht*, aber ich bin nicht in der Lage, Lukas' Nachnamen und seine Adresse ausfindig zu machen. Als Sherlock Holmes bin ich wirklich ein Reinfall und ohne Dr. Watson extrem aufgeschmissen.

Deswegen tue ich das, was ich besonders gut kann. Ich höre *Take That*, Robbie Williams, Philipp Poisel – und bemitleide mich selbst. Dazu gibt es Pizza und Pasta. Weil ich mich besonders schlecht fühle auch noch etwas Sushi, damit ich ein bisschen Abwechslung in meinen Speiseplan bringe. Aber so lange ich die Wohnung nicht verlassen muss, bin ich soweit zufrieden. Nicht glücklich, aber zufrieden.

Ich will nicht sehen, wie das wunderschöne Freiburg im Schnee aussieht, will nicht irgendwelche Geschenke umtauschen und keine verliebten Paare sehen, nur um zu wissen, dass ich alleine bin. Es ist schon schwer genug auszuhalten, wenn man von Hause aus alleine ist. Wenn man aber zu dämlich ist, um die Telefonnummer des potenziellen neuen Freundes zu erfragen, dann gehört dazu schon eine echte Portion Blödheit und die scheine ich (zusammen mit dem Talent, Schlüssel grundsätzlich zu verlieren), im Überschuss bekommen zu haben. Ich könnte mich ohrfeigen! Nein, ich habe mich bereits geohrfeigt. Aber nur zweimal, dann hat es wehgetan, und ich wollte nicht schon wieder weinen. Ich bin keine von diesen weinenden Schönheiten. Sie kennen das: eine Schauspielerin weint in einer besonders emotionalen Szene und sieht dabei noch immer so wunderschön aus. Wenn ich weine, sehe ich aus wie ein explodierter Kürbis. Deswegen versuche ich es zu vermeiden, in der Öffentlichkeit zu heulen. Ebenso wie ich es vermeide, bei Regen ohne Schirm laufen zu müssen, denn meine Haare sehen danach aus, als hätte man André Rieus Frisur zusätzlich mit einem Lockenstab bearbeitet. Kein Regen, kein Weinen. Meine Freunde sind sich nicht sicher, ob es mir wirklich gut geht. Ich kann auch nicht über Liebeskummer sprechen, denn das habe ich die letzten Monate schon zur Genüge getan. Da ging es nur um Benny und Theresa, um mein gebrochenes Herz; selbst dann, als sie schon alle Geschichten zum wiederholten Male gehört hatten, haben sie mich noch immer getröstet. Aber wie um alles in der Welt, soll ich ihnen von Lukas erzählen? Vielleicht sollte ich wie die alte Rose in *Titanic* sagen: „Er existiert nur noch in meiner Erinnerung." Es gibt keine Fotos, keine Beweise. Er ist wie ein schöner Traum. Genug davon. Pizza – das muss her!

Keine Ahnung zum wievielten Male in diesen Tagen ich die Pizza mit Schinken und Salami bestelle – aber ich weiß, dass Gino, der Besitzer der Pizzeria, mir wohl gesonnen ist. Ich könnte die Pizzaschachteln in meiner Wohnung zählen, aber das würde mich nur noch mehr deprimieren. Gino ist ein Engel, wenn es mir schlecht geht. Für gewöhnlich legt er extra viel Käse auf meine Pizza und dann bringt er mir noch eine kleine Packung frisches Pizzabrot als Zugabe mit. Vermutlich weiß er, dass ich leide. Immerhin gelten Italiener ja als besonders emotional. Wie viel Zeit ich in meiner Gedankenblase verbringen kann, überrascht mich immer wieder. Hatte Gino am Telefon noch von gut einer Stunde gesprochen, bis das Essen bei mir wäre, sehe ich jetzt erschrocken auf die Uhr und stelle fest: eine Stunde habe ich mal wieder mit Gedanken an Lukas verbracht. So wie neulich im *dm Markt*, als ich bei den

Lippenpflegestiften stehen geblieben war, um an verschiedenen Sorten zu schnuppern, bis ich seine Sorte gefunden hatte. Jetzt liegen in meiner ganzen Wohnung verteilt unzählige Lippenbalsame, die ich wie ein Junkie immer mal wieder brauche. Wenn ich ihn schon nie wieder sehen darf, dann will ich zumindest immer mal wieder an ihm schnuppern. Am liebsten wenn ich im Bett liege und mein Kissen nach Lenor riecht.

Als ich die Tür öffne, sehe ich in das freundliche Gesicht von Franco, Ginos jüngerem Bruder, der bei jedem Wetter mit seiner Vespa über die spiegelglatten Straßen saust, um Menschen wie mir die frische Steinofenpizza in Bestzeit zu bringen. Wenn das mal keinen Intregrations-Bambi wert ist.

„Ciao Bella."

Er lügt, denn wie eine Bella sehe ich schon seit Tagen nicht mehr aus, aber ich bin in einem kritischen Zustand: ich nehme Komplimente an, ohne weiter darüber nachzudenken. Außerdem bringt er mir Essen, da nehme ich sowieso jedes Kompliment an.

„Ciao."

Mein Italienisch ist nicht besonders gut. Es klingt immer, als würde eine Deutsche Italienisch sprechen. Was hauptsächlich daran liegt, dass ich eine Deutsche bin, die Italienisch spricht. Manche Tatsachen lassen sich einfach nicht leugnen. Wie zum Beispiel meine neue Hosengröße 38, die vor den Festtagen und meiner Depri-Fress-Attacke noch Größe 36 war.

Ich kenne das folgende Geplänkel. Er wünscht mir einen guten Appetit und ich gebe ihm extra Trinkgeld; er sagt irgendwas Nettes in seiner Landessprache, ich kichere verlegen und kann endlich die warme Pizza in meine Wohnung bringen. Aber statt mir den Karton zu reichen, drückt er mir ein Flugblatt in die Hand. Dabei kenne ich die Speisekarte inklusive Mittagstisch auswendig, wie er wissen sollte.

„Da sucht jemand eine Donna."

Francos italienischer Akzent versetzt mich jedes Mal in den Süden Europas. Nicht dass ich schon mal dort gewesen bin, aber wenn man im Sommer sein Eis im Eiscafé Venezia verputzt – so wie ich – dann hat man doch eine vage Vermutung, wie Italien schmecken muss. Nur ein Italiener kann diesen Satz mit so viel Leidenschaft sagen, ohne dass es peinlich klingt. Ich will Franco sagen, dass im TV Landwirte Frauen suchen, auf den tausenden von Datingportalen ebenfalls unzählige Männer mit Photoshop bearbeitete Fotos hochladen und hoffen, eine Frau damit beeindrucken zu können. Tja, auch ich suche einen Mann, aber eben nicht irgendeinen.

„Irgendwie aussieht wie du."

Er nickt auf den Flyer in meiner Hand, den ich jetzt zum ersten Mal etwas genauer ansehe und feststelle, dass es keine Speisekarte von meinem Lieblingsitaliener ist. Es ist eher eine Vermisstenanzeige, auf der eine Art Comic-Phantombild einer Frau zu sehen ist, die tatsächlich ausgesprochene Ähnlichkeit mit mir hat. Das nimmt fast die Hälfte des Blattes ein. Ich drehe den Zettel so, dass ich den Text besser lesen kann:

Freiburger, helft mir meine Jolanda Yoda wiederzufinden! Gefunden habe ich sie an Weihnachten am Flughafen. Versehentlich habe ich mich in sie verliebt bei den Gepäckwagen. Verloren habe ich sie irgendwo über den Wolken! Sie heißt Pippa und wohnt in Freiburg. Wäre sie eine Comicfigur, würde sie ungefähr so aussehen. Mehr Infos gibt es auf:
http://versehentlichverliebt.wordpress.com

Danke an alle Freiburger!
Tobias Hobbit

Das kann doch nicht wahr sein! Aber ein Blick zu Franco reicht aus, um zu sehen, dass diese Szene real ist. Er steht vor mir und deutet auf die verschneite Straße hinter sich.

„Überall. Sie kleben überall."

Ich trage Hausschuhe. Nicht irgendwelche Hausschuhe. Es sind Gremlins-Hausschuhe. Die großen Ohren der niedlichen Hauptfigur Gizmo schmücken meine dicken Hausschuhe. Ohne weiter nachzudenken, marschiere ich in eben diesen Schuhen, einer pinkfarbenen Jogginghose und einer Strickjacke in den Schnee, und lasse Franco mit der Pizza an meiner Haustüre stehen. Sofort weicht der Schnee die Sohlen auf und ich spüre nasse Socken, aber das stört mich nicht im Geringsten. Ich laufe von Laternenmast zu Laternenmast, von Ampel zu Ampel, immer weiter wie eine verwirrte Frau, die sich verlaufen hat. Aber ich kann es einfach nicht glauben. Auf buntem Papier hat Lukas diesen Flyer immer und immer wieder in der ganzen Stadt verteilt. Wo ich auch hinsehe, überall klebt ein Exemplar des Zettels. Ich bin gerührt, verwirrt und möchte lachen, während ich weine. Einige Menschen drehen sich verwundert nach mir um, andere scheinen zu verstehen, dass ich die Frau bin, die Freiburg in

Form einer Flyer-Comicfigur überflutet. Zwar weiß ich nicht, wie Lukas das angestellt hat, aber irgendwie ist es ihm gelungen, mich zu finden.

Franco holt mich schließlich ein und überzeugt mich davon, dass es besser wäre, wenn ich nach Hause gehen, etwas essen und dann mal die oben erwähnte Website aufrufen würde. Er muss wohl etwas lauter sprechen, aber dann kommt es auch bei mir in meiner großen rosa Wolke an. Das Trinkgeld fällt enorm aus, aber ich bin nicht mehr in der Lage, mathematische Gleichungen zu errechnen. Franco soll den Rest behalten, ich bin sowieso nicht mehr zurechnungsfähig.

Mein Herz pocht wie wild, als ich die Internetadresse in meinen Browser eingebe. Langsam baut sich die Seite auf. Zuerst sehe ich einen Countdown, der bis zum Jahresende runterzählt. Nur noch wenige Tage – und wir begrüßen ein neues Jahr, wie immer mit viel Feuerwerk und noch mehr Alkohol.

Ich scrolle langsam runter. Wie eine Art Online-Tagebuch schreibt Lukas über uns. Wie wir uns kennen gelernt haben, über meine Tollpatschigkeit und wie er mich beobachtet hat. Wie er nicht wusste, was er sagen soll, um mich anzusprechen. Kleine Fotos zeigen ihn mit dem Notizbuch irgendwo in Hamburg. Dann erzählt er von der Idee, mich zu suchen, weil wir unsere Nummern nicht ausgetauscht haben und sich seine Ausgabe von *Herr der Ringe* noch immer in meinem Besitz befindet. Ohne meinen Nachnamen und weitere Anhaltspunkte, ist ihm schließlich die Sache mit den Flyern eingefallen. Ein Kumpel hat das Bild von mir nach Lukas' Beschreibung gemalt, und seine Freunde und die Freunde der Freunde haben dann wiederum ihre Freunde gebeten, Leute im Süden anzusprechen. Eine halbe Busladung Menschen, die sich über Facebook gefunden haben, sind dann in meine Stadt gekommen und haben die Flyer verteilt. Ich bin so gerührt, als sich das Ausmaß seiner Bemühungen offenbart, die er angestellt hat, um mich zu finden. Kein Mann auf der ganzen Welt macht sich so viel Gedanken, um eine Frau zu finden. Das ist unglaublich und ich spüre, wie mein Herz schneller schlägt.

Dann kommt der Abschnitt über Silvester:

Liebe Pippa, wenn du das hier liest, möchte ich dir sagen, dass ich an dem Buch für dich arbeite. Ich schreibe fast Tag und Nacht und möchte es dir endlich vorlesen. Ich werde an

Silvester in Paris sein und auf dich warten. Ich habe meinen Teil des Deals so gut wie erfüllt, jetzt bist du dran: pack den Reiseführer ein und triff mich um Mitternacht am Eiffelturm. Ich werde da sein.

Dein Lukas.

Ich starre auf meinen Bildschirm, unfähig mich zu bewegen. Paris. Lukas. Das Buch. Ich habe in den vergangenen Tagen den Reiseführer fast auswendig gelernt. Ich kenne jede Metro-Station und weiß, wie oft ich umsteigen muss, um von einem Ende der Stadt ans andere zu gelangen. Alle Bistros und Cafés, die günstig gutes Essen anbieten, sind mir bekannt und die Namen werde ich nie wieder vergessen. Welche Hotels guten Service, aber grässliche Zimmereinrichtungen bieten und welche Attraktion die lange Warteschlange wirklich lohnt. Man könnte meinen, ich habe die Stadt schon oft besucht und würde mich darin auskennen wie in meiner Westentasche. Immer wieder habe ich Lukas' Widmung gelesen und mich jedes Mal ein bisschen mehr in ihn verliebt.

Mein Telefon klingelt und fast bin ich dankbar, denn ich komme nur schwer wieder in die Realität zurück. Lukas will mich in Paris treffen.

Geistesabwesend greife ich zum Hörer.

„Hallo?“

„Pippa? Ich bin es, Benny.“

Mein Herz bleibt stehen. Die Zeit auch.

„Hallo? Pippa bist du dran?“

Ich nicke.

„Ja?“

Benny atmet am anderen Ende der Leitung hörbar aus.

„Ich wollte nur fragen, wie es dir so geht?“

Moment. Benny ruft mich an, um zu fragen, wie es mir so geht? Das muss doch ein schlechter Scherz sein. Er hat nicht auf meine SMS-Nachrichten und Mails reagiert, als ich ganze Nächte wach neben meinen Handy gelegen bin, in der Hoffnung, dass er sich vielleicht doch melden würde. Ich habe Ärger bei der Arbeit bekommen, weil ich ständig bei Facebook auf eine Antwort oder einen Kommentar von ihm gewartet habe. Und jetzt – ausgerechnet jetzt – will er wissen wie es mir geht?

„Sehr gut. Und dir?“

Die Kühle in meiner Stimme überrascht mich selbst. Eigentlich bin ich überrascht, dass ich überhaupt sprechen kann, denn mein Blick liegt wie fest getackert auf dem Bildschirm vor mir, wo ich Lukas' kleines Bild betrachte. Die Brille und der Hut stehen ihm ausgezeichnet. Was ich am Anfang irgendwie albern fand, gefällt mir jetzt so gut. Es ist keine Kostümierung, Lukas ist so. Ein bisschen Nerd, ein bisschen Hipster, ein bisschen verrückt.

„Nicht so gut. Ich habe gerade viel Stress und so."

Warte nur mal ab, wie das wird, wenn ein schreiendes Baby im Haus ist, mein Lieber.

„Theresa ist ziemlich mies drauf. Naja, die Schwangerschaft eben. In letzter Zeit wird es nur immer schlimmer."

„Ärgerlich."

„Ich musste oft an dich denken."

„Aha."

Ich drehe mich auf meinem Bürostuhl vom Bildschirm weg. Jetzt wird es spannend.

„Dein Anruf an Weihnachten. Das war ... Du fehlst mir, Pippa."

„Aha."

Er soll weitersprechen. Ich will das alles hören. Zu lange habe ich auf das alles gewartet. Es zu hören tut mir gut.

„Irgendwie habe ich doch nie aufgehört, dich zu lieben."

Gut, vielleicht will ich es auch nicht hören.

„Bitte, lass mich ausreden. Ich war ein Idiot, als ich dich habe gehen lassen. Weil du so wunderbar bist.“

„Wenn du mir diesen ganzen Mist sagen willst, dann bau eine Zeitmaschine, reise zwei Jahre in die Vergangenheit – bevor du Theresa gevögelt und mich betrogen hast – und versuch es dann noch einmal!“

Wütend laufe ich durch meine Wohnung.

„Aber es heißt doch: besser spät als nie.”

Ich wünschte mir, er wäre jetzt hier, dann könnte ich ihm links und rechts eine Ohrfeige verpassen. Ich mag Theresa nicht, aber keine Frau hat es verdient, das durchmachen zu müssen. Da spreche ich aus Erfahrung.

„Du bist verlobt und Theresa erwartet dein Kind!“

„Aber du gehst doch nicht wirklich zu diesem Knilch nach Paris, oder?“

Mir bleibt fast die Luft weg. Woher weiß er von Lukas?

„Ich habe den Flyer bekommen und ich denke ... Ich weiß nicht, aber der Typ ... Du kannst doch nicht ...“

So langsam verstehe ich die Spielregeln für das Leben. Wenn man unsterblich in jemanden verliebt ist und hofft, dass diese Person die Liebe erwidert, dann vögelt er eine Kollegin auf dem Kopierer. Aber wenn man einen Mann trifft, der sich so viel Mühe gibt und einen bis nach Paris holen will, dann merkt der Ex, wie sehr er seine Verflossene eigentlich doch liebt?

„Geh zu deiner Verlobten und sei zu ihr nicht so ein Idiot, wie du es bei mir warst."

„Pippa, wir beide wissen, wie sehr du Reisen hasst. Paris, das ist doch Quatsch."

„Du irrst dich. Ich liebe es zu reisen. Ich habe nur nie den richtigen Reisepartner gehabt."

„Aber der Typ ist nicht der Richtige."

„Mach's gut, Benny."

Es wird Zeit, alles zu packen. Ich muss in ein paar Tagen in Paris sein. Egal wie viel Angst ich vor der Zugfahrt und der großen fremden Stadt habe, es wird Zeit, endlich einen Schritt raus zu wagen. Ein neues Kapitel muss her und wenn ich diesmal kneife, dann werde ich immer zurückschauen und nie nach vorne. Ich habe nicht nur einen Reisepartner, ich habe auch jemanden, der gewillt ist, mir zu meinem neuen Lebenskapitel auch noch ein ganzes Buch zu schreiben.

Epilog*

Der Eiffelturm steht hell beleuchtet mitten in der Pariser Nacht. Es ist kalt und um mich herum stehen zahlreiche Menschen, die aus der ganzen Welt an diesen Ort gekommen sind. Ich höre verschiedene Sprachen, manche klingen so fremd, wie ich mich jetzt fühle. Den ganzen Tag bin ich alleine durch diese wundervolle Stadt gelaufen, habe Fotos gemacht und Croissants gegessen. Man ist keine Sekunde in Paris und schon wird man verschluckt von der atemberaubenden Atmosphäre des Großstadtlebens. Die Architektur hat mich sofort begeistert, jede Hausfassade scheint eine Geschichte zu erzählen, die Kirchen wirken größer und mächtiger als sonst wo. Wie konnte ich nur all die Jahre diese Schönheit verpassen? Und das nur aus Angst, alleine in den Straßen verloren zu gehen. Aber selbst wenn man sich in Paris verläuft, es gibt immer etwas Neues zu entdecken. Hinter jeder Ecke wartet ein neues Wunder, das einem den Atem rauben will.

Jetzt hier zu stehen ist nur noch ein Bonus des heutigen Tages. Ein krönender Abschluss – zumindest rede ich mir das seit Stunden ein. Nur noch wenige Minuten, dann fängt der große Countdown an und jeder wird einen Partner haben, den er umarmen, küssen und festhalten kann. Noch bin ich alleine. Von Lukas keine Spur. Meine Hände, die in schwarzen Wollhandschuhen stecken, fühlen sich unendlich kalt an. Bennys Worte schießen mir durch den Kopf, als irgendwo verfrüht eine Rakete in den Himmel geschossen wird. Ist Lukas der Richtige? Werde ich es überhaupt jemals erfahren? Würde jemand wirklich so viel Anstrengung betreiben, um dann zum vereinbarten Termin nicht zu erscheinen? Die Zyniker lachen mich aus, weil ich tatsächlich hier bin und zwischen den fremden Menschen friere. Die Romantiker feiern mich als Heldin, weil ich an die Liebe glaube, selbst nachdem mir immer und immer wieder das Herz gebrochen wurde. Meine Mutter wird schimpfen, weil ich keine Mütze trage und kalte Ohren habe. Und ich selbst spüre die Tränen auf meinen Wangen, als alle in den großen Countdown einsteigen, wie ein griechischer Chor. Es dämmert mir so langsam. Er wird vielleicht nicht kommen. Oder mich nicht finden. Oder beides. Egal, wie auch immer, mir wird das versprochene Happy End verwehrt bleiben, weil mein Herz ein Spielplatz für grobmotorische Liebhaber zu sein scheint. Kein gepflegter Rasen für begnadete Ballkünstler, eher ein Bolzplatz für Stolperfußballer.

„Dix!“

Kann ich nicht trotzdem oder gerade deswegen stolz auf mich sein?

„Neuf!“

Weil ich noch immer an die große Liebe glaube und mir diesen Glauben von niemanden nehmen lasse?

„Huit!“

Weil ich wirklich in den Zug gestiegen bin, *Herr der Ringe* auf der Fahrt gelesen habe und mit meinem Reiseführer in der Hand ganz alleine durch die Stadt gelaufen bin?

„Sept!“

Weil ich Tränen in meinen Augen und ein Lächeln auf meinen Lippen spüre, während ganz Paris bereit ist, mit mir zu feiern?

„Six!“

Weil ich laut mitzähle, obwohl ich die Sprache nicht beherrsche und so gerne weinen würde?

„Cinq!“

Weil ich trotz Herzschmerz nicht wütend auf Lukas bin, sondern dankbar, weil er zumindest ein Versprechen gehalten und mich nach Paris gebracht hat?

„Quatre!"

Weil ich Benny endlich losgelassen habe, und mich nicht mehr mit den schmerzhaften Erinnerungen der vergangenen Jahre belaste?

„Trois!"

Weil ich das kommende Jahr zu meinem Jahr machen will, mich durch meine Städteliste arbeiten und meinen Urlaub in den Ländern der Erde verbringen werde, die ich in meinem Kopf schon hundertmal bereist habe?

„Deux!"

Weil ich ... Verdammt! Mir gehen die Argumente aus.

„Un!"

Eine Hand schiebt sich in meine. Überrascht sehe ich auf und erkenne sofort die Brille mit dem schwarzen Rand. Er ist völlig außer Atem, mit seinem geliebten Hut, der Kordjacke, alles sieht aus wie immer. Lukas.

„Bonne année!"

Er schreit es in mein Ohr, aber es klingt wie ein Flüstern, während ich mein Gesicht in das künstliche Fell am Kragen seiner Kordjacke drücke und tief einatme. Er riecht nach einer Mischung aus Cool Water und Lenor. Mein Lukas! Wir halten uns fest, während bunte Raketen den Himmel über uns erleuchten und ein neues Jahr an genau diesem Ort beginnt. Für mich fühlt es sich an wie ein neues Leben. Lukas sieht mich lächelnd an, zieht ein kleines Buch aus seiner Jackentasche.

„Für dich."

Er hat es geschafft! Auch wenn es nicht übermäßig dick ist – es ist dennoch eine kleine Novelle. Ich lasse meinen Daumen durch die Seiten sausen. Hier steht es, schwarz auf weiß: unsere Geschichte, geschrieben von Lukas Glück. Ich sehe wieder zu ihm hoch. Glück. Lukas' Nachname lautet Glück. Mein Glück. Seine Wangen sind rot und in seinen Augen spiegeln sich die Raketen vom Himmel.

„Ich habe meinen Namen, meine E-Mail Adresse und meine Telefonnummer reingeschrieben. Damit ich dich nicht wieder verliere."

Lukas Glück hat für mich, Pippa Wunsch, ein Buch geschrieben. Egal was das Jahr für mich bereithält, diesen Moment kann mir niemand mehr nehmen. Sanft nehme ich sein Gesicht in meine Hände und sehe ihn an. Wieso er in mein Leben gefallen ist, kann ich nicht sagen. Ich kann mir nicht vorstellen, dass ich ihn vor einigen Monaten noch nicht mal gekannt habe, sein Name unbedeutend war und sein Gesicht unbekannt. Jetzt werde ich die Geschichte so enden lassen, wie es sich gehört: mit einem Kuss, der nach Erdbeere schmeckt.

Ende

Adriana Popescu

Danksagung

Wie immer gilt mein Dank an erster Stelle Mams & Paps, für eure Unterstützung bei all meinen Träumen, eure Liebe und den doppelten Boden, wann immer ich den Halt verloren habe.

Marc, egal wohin, egal wie weit, egal wie verrückt – ich bin so viel besser mit dir. JÄD!

Thomas, mehr als nur der Goldschmied meiner Worte, *AUTMOFTE* in die Zukunft!

Marco, jeder Autor sollte einen idealen Leser wie dich, jeder Mensch einen solchen Freund haben!

Annett, für durchlesene Nächte und dein stets ehrliches Feedback – das ist Freundschaft.

Notker & Sabine, für die Fotos, die Sushi-Abende, die Gespräche, die Konzerte und alles dazwischen seit 2001.

Freunde und Leser, die mir Mut gemacht und mich unterstützt haben: Hatice, Daniel, Anne, Nesli, Volkan, Michaela, Joe, Cathrin, Jenny, Peter und alle wunderbaren Menschen bei Facebook, die wie wild auf *gefällt mir* geklickt haben. Ihr seid verrückt! Danke!

Über die Autorin

Adriana Popescu wurde 1980 in München geboren. In ihrer Jugend schrieb sie Kurzgeschichten und drehte Video 8-Filme, bevor sie nach dem Abitur ihr Glück in der TV-Branche suchte und fand. Sie studierte die Kunst des Drehbuchschreibens in Stuttgart und Literaturwissenschaften in Hagen. Sie arbeitete unter anderem als Continuity, Journalistin, Fotoredakteurin, Kolumnistin und Drehbuchautorin. Seit 2010 verdient sie als freischaffende Autorin ihr Geld, das sie für Sushi, DVD-Boxen und Schuhe ausgibt.
Ihr Debütroman »5 Tage Liebe« erschien im November 2011 als E-Book und Taschenbuch. Fast genau ein Jahr später ist »Versehentlich verliebt« im Handel.
Die Autorin wohnt, lebt und liebt in Stuttgart.

www.adriana-popescu.de

Buchempfehlungen:

Adriana Popescu: 5 Tage Liebe

„Sie ist eine strippende Nutte, die ich engagiert habe, um für meinen besten Freund möglichst unbekleidet zu tanzen … Wieso habe ich jetzt dann so plötzlich ein Problem damit?“

Diese und viele andere Fragen wird sich der schüchterne Jonas noch stellen müssen, als er sich auf dem Junggesellenabschied seines besten Freundes Hals über Kopf in die strippende Nutte Maya verliebt. Als Maya ihm eröffnet, eine gute Beziehung hätte eine Haltbarkeitsdauer von maximal fünf Tagen, entscheidet Jonas, dass er sie vom Gegenteil überzeugen muss. Dabei erfährt er, dass ihr Leben als Nutte nicht viel vom „Pretty Woman“-Kitsch zu bieten hat.

www.5-tage-liebe.de

Jenna Strack: The Social Netlove – Liebe ist niemals offline

ISBN: 978-3842360167

Gibt es Liebe auf den ersten Klick?
Marie Emilie Lau ist achtundzwanzig, Single und unzufrieden mit ihrem Leben. An die große Liebe glaubt sie nach diversen Enttäuschungen schon lange nicht mehr – da könnte sie Geschichten erzählen! Zum Beispiel von einem verlogenen Verlobten bis hin zu einer Prostituierten, die sich in ihrem eigenen Bett befunden hat. Immerhin hat sie noch ihren Kater Fox und ihren gutmütigen besten Freund Thomas, der mit einem Bein in der Cyberwelt festhängt. Dafür hat Marie eigentlich so gar nichts übrig ... bis ein einziger Mausklick ihr Leben verändert.

www.liebe-ist-niemals-offline.de

www.facebook.com/TheSocialNetlove

Anja Wyser: Der Letzte war zu viel

ISBN 978-3-84235-547-7

Hier ein kleiner Vorgeschmack auf 228 Seiten Spannung, Mitgefühl, Spaß, Lebenslust und Schlagfertigkeit:

Als Chloe Brown nach einer wilden Partynacht mit einem Brummschädel aufwacht, findet sie in ihrer Wohnung ein gelbes Paar herrenloser Turnschuhe. Unglücklicherweise kann sich Chloe nur noch an eines erinnern: an gar nichts!

Zusammen mit ihrer besten Freundin Ruby macht sich Chloe auf die Suche nach dem anonymen Turnschuhbesitzer.

Chaotisch, überraschend und amüsant lichten sich allmählich die verschwommenen Gedankengänge.

Ein packender Roman über die Tücken des Lebens und die bahnbrechenden Folgen eines Filmrisses, alles gespickt mit Situationskomik und einer ausreichenden Portion Herzschmerz.

http://www.facebook.com/AnjaWyser

2469577R00125

Printed in Germany
by Amazon Distribution
GmbH, Leipzig